Cidade

Nelson Rodrigues

CIDADE

EDITORA
NOVA
FRONTEIRA

Editora Nova Fronteira Participações S.A.
Rua Nova Jerusalém, 345 – Bonsucesso – 21042-235
Rio de Janeiro – RJ – Brasil
Tel.: (21) 3882-8200 – Fax: (21) 3882-8212/8313

CIP-Brasil. Catalogação na fonte
Sindicato Nacional dos Editores de Livros, RJ

C51 Cidade / Nelson Rodrigues ... [et al.]. - 1. ed. - Rio de Janeiro : Nova Fronteira, 2014.

ISBN 978.85.209.3275-9

1. Romance brasileiro. I. Rodrigues, Nelson. II. Título.

CDD: 869.93
CDU: 821.134.3(81)-3

COM

André Sant'Anna

Carlito Azevedo

Aldir Blanc

Veronica Stigger

Suzana Flag

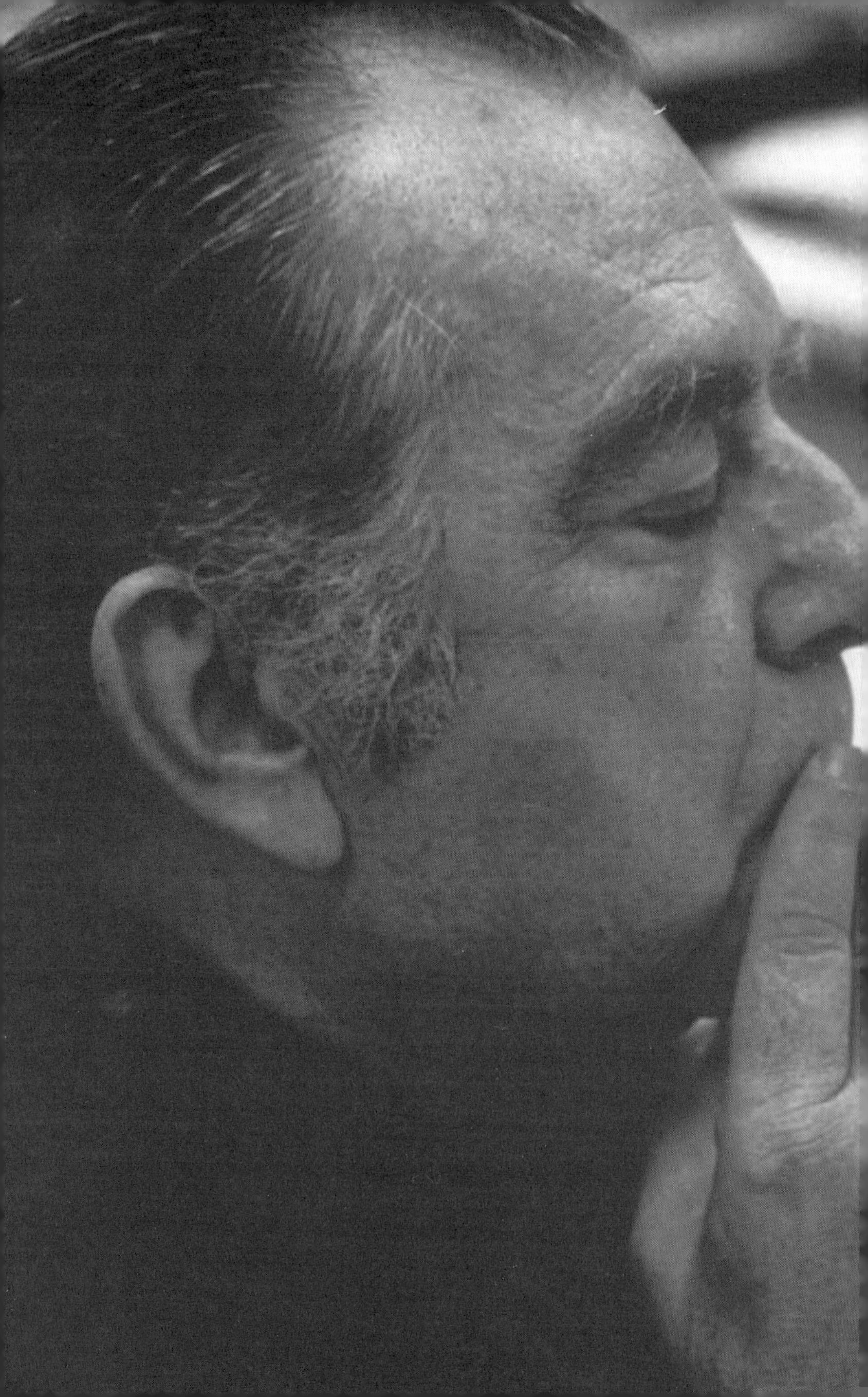

Capítulo 1
O Irmão...

Leu a placa: "Pensão Oriente" — teve uma última hesitação, mas acabou entrando estranhamente perturbado. Logo apareceu uma mulher de *peignoir*, tornada lívida pela falta de pintura. Ficou a olhá-lo, da cabeça aos pés, com uma curiosidade minuciosa que o humilhou. "Repara na minha roupa", pensou, "vê que estou maltrapilho". Estava mesmo. Mas o que impressionava mais nele era o olhar ardente de febre.

— Queria ver Branca — gaguejou.

— Bem, vou chamá-la; não sei se saiu do banho.

Ele respirou aliviado quando a outra se foi. Estava num tal estado, de mórbida susceptibilidade, que um olhar mais demorado, de quem quer que fosse, bastava para exasperá-lo. A mulher chegou ao pé da escada, gritando para o andar superior:

— Branca, estão procurando por você!

Claudio estremeceu, na expectativa da voz da irmã.

— Quem é? — perguntou Branca, lá de cima.

A outra disse "não sei" com uma voz indiferente e olhou ainda o rapaz, uma última vez, antes de entrar por uma porta qualquer. Uma angústia tão intolerável o invadiu que, por momentos, sofreu a tentação de fugir, desaparecer, deixar aquele ambiente. Mas, ao mesmo tempo, reagiu sobre si mesmo, disse a meia-voz, fortalecendo-se: "É preciso que eu a veja hoje mesmo, que tudo se resolva hoje." Aliás, teria ficado perplexo, se lhe perguntassem o que ia resolver ou dizer; não premeditara nada, não pensara numa solução. Mas sentia a necessidade obcecante de vê-la, uma vez, pelo menos uma vez. Depois, então, poderia ir não sabia para onde, para qualquer lugar, ou para lugar nenhum. Olhou as paredes, a folhinha (com data do dia anterior), o teto...

E ficou esperando que ela descesse, seria quando ouvisse passos na escada. Sentou-se numa cadeira. Subitamente, sentiu-se tomado de uma sensação estranha, de uma apatia profunda, um desinteresse por tudo aquilo, pelo destino da irmã. Ouviu passos na escada. Levantou-se maquinalmente, numa expectativa sem impaciência. Sim, devia ser ela, Branca, que descia. E vinha sem pressa, sem curiosidade, não imaginando que fosse ele.

Quando o viu, estacou, empalidecendo; ficou a olhá-lo, primeiro com uma espécie de medo, depois com uma expressão rígida, quase de rancor.

— Mas... é você — disse, sem desfitá-lo.

Ele a olhava, sem sofrer, com a fisionomia inexpressiva. Via a falha dos dentes... "É preciso que eu fale", pensou com irritação, "que diga alguma coisa". Mas não disse nada; semicerrou os olhos, respirou fundo, como se o dominasse uma fadiga invencível.

Branca teve aí a intuição do que ele sofria, e a sua atitude quase hostil modificou-se. Fê-lo sentar-se, puxou uma cadeira para si mesma, sentando-se também. Falou, então, igualmente vazia de ternura e de mágoa:

— Você não devia ter vindo aqui. Podia telefonar ou escrever...

Ele deixara de ouvir a voz da irmã; ouvia, sim, passos na escada. "Outra que desce." E, alto, para Branca, traindo irritação:

— Não acabarão nunca de descer?

Branca não compreendeu, fitou-o com estranheza:

— Que dizes?

— Que digo? Ah, sim... — e teve um gesto vago de desânimo — não sei o que digo.

Agora o sofrimento voltava-lhe, e com intensidade nova. Caiu num silêncio sombrio e obstinado, lançando à irmã olhares furtivos e medrosos. Ela, por sua vez, sentia uma angústia nascente. Inquietava-se, prevendo que aquele encontro lhe faria mal.

— Vês? — falou Claudio numa voz sumida. — Ainda agora não sofria e agora sofro.

Continuou, sem olhar para a irmã:

— Às vezes, penso que vou ficar louco.

Tinha na boca uma prega de ferocidade. Mas — coisa estranha — a hipótese da loucura, longe de apavorá-lo, deleitava-o inexplicavelmente.

Havia momentos em que, por estranho que pareça, desejava enlouquecer...

— Talvez estejas doente — lembrou a irmã tomando, entre as suas, as mãos frias e pálidas de Claudio. — Que mãos frias! — admirou-se.

Ele não respondeu, tentando concentrar-se. Branca sugeriu, já agora com um interesse carinhoso:

— Vamos lá para cima, para meu quarto? Você pode se deitar, a gente conversa melhor.

Ergueu-se, quis induzi-lo, puxando-o por um braço. Mas ele se retraiu, num movimento de pavor:

— Lá em cima, no teu quarto? — ela fez que "sim" com a cabeça, sem compreender a angústia do irmão. — Não, não quero — balbuciou num desespero infantil. — Que diriam as outras? — e continuou, suplicante, com o lábio inferior tremendo. — Não vês o que iriam pensar? E eu não quero que "pensem", não quero!

Branca sentou-se, olhando-o docemente. Sentia em si um carinho imenso, um carinho como nunca experimentara em sua vida.

— Sim, deves estar doente — repetiu, fixando a fisionomia descomposta do irmão.

Claudio irritou-se:

— Só pensas em mim e não cuidas de ti. E és tu que vives "essa vida".

Branca sentiu o coração opresso.

— Pensas que eu sofro muito, pensas — continuou Claudio. — Pensas que ando maltrapilho. E, no entanto, tu é que sofres? Não percebeste ainda — perguntou com veemência — que sofres muito, mais do que todos e que ninguém sofreu tanto ainda?

Fez uma pausa, estudando a fisionomia de Branca. Mas ela parecia não compreender. Torturava-se, procurando o sentido obscuro daquelas palavras. Claudio teve um gesto de desânimo:

— Talvez estejas perdida. Quem sabe se cheguei tarde? E quem sabe se chegaria tarde, mesmo que tivesse vindo antes?...

Ela cruzou os braços sobre o peito, num gesto vão de defesa:

— Mas não sofro. Por que teimas em dizer que sofro? — e desesperava-se. — Por que falas assim? Por quê... se eu não pensava mais nisso, se era quase feliz...

O irmão ouvia-a com avidez. Quando ela acabou, chorando baixinho, ele tornou-se doce, persuasivo, na necessidade de convencê-la:

— Falas assim, mas não sabes o que dizes. É a dor que te faz inocente. Quando a gente sofre muito, percebes?, procura não pensar, pensar noutra coisa, esquecer... E então a gente desce muito, desce sempre e não sente que está descendo, não compreende que um dia será tarde demais!...

Parou, cansado, olhando Branca angustiosamente, querendo ver se ela o havia entendido. A outra o ouvia, com terror. Torturava-se em vão para compreender. Ele continuou:

— Se pensares na degradação a que chegaste, então a angústia te dominará e chorarás por muito tempo...

— Meu Deus, oh meu Deus — chorou Branca.

— Olha-me — pediu Claudio num sopro de voz. — Não quero que vivas aqui, que te submetas a essa infâmia. Acaso não tens alma para ver tua degradação?

Fez uma pausa, prosseguiu com uma tristeza infinda:

— Não podes continuar aqui — seria a nossa desgraça... a minha também. Como posso viver, sabendo que estás aqui? Queres — continuou —, olha; eu te levo. Vem comigo; vem! — suplicava numa agonia mortal.

— Para onde? — perguntou, retransindo-se.

Fitou-a, atônito. Então caiu em si. Sentindo-se invadir de um desânimo invencível.

Ela animou-se, começou a falar, numa excitação de delírio:

— Vês? — perguntou; teve uma expressão de triunfo. — Eu tenho que ficar aqui. Depois, escuta, eu vou mandando dinheiro para o pessoal lá de casa — um júbilo infantil iluminou-lhe o rosto. — Comprei um rádio, pago 25$000 por mês... o pessoal vai ouvir; dei um rema-rema ao Joãozinho... Vou botar os dentes, o dentista diz que era fácil.

Falava agora docemente, como que em monólogo. As próprias palavras faziam-lhe um bem sedativo. De chofre, libertara-se das hesitações, das dúvidas acumuladas. Era feliz, porque, afinal, descobrira o único caminho, o caminho certo e definitivo...

Claudio a contemplava com uma curiosidade malévola:

— Vês? Não sofres mais?... — e prosseguiu com rancor, fazendo-a sofrer. — E estás perdida...

Ela teve um sorriso de martírio, um sorriso que seria tocante se a falta de dentes não o tornasse quase alvar...

Claudio ficou, por momentos, em silêncio — olhou a irmã e pensou se ela não seria uma alma para sempre afetada...

— Sim, tens razão; é preciso que fiques aqui — falava com tristeza, mas sem desespero. — Mas eu queria uma coisa, ouviu?... — hesitou e foi com súbita veemência que pediu: — Eu queria te beijar, deixa que te beije na testa, deixa!...

Tinha nos olhos uma súplica infinita. Ela recuou, como ante uma proposta de louco:

— Mas, por quê? Por quê?...

Ficou sem compreender, torcendo e destorcendo as mãos, num desespero indizível.

— Mas que importa? — disse ele com uma exasperação sombria; e ajuntou, incoerentemente: — É melhor que eu vá-me embora...

Ela procurou detê-lo, abraçar-se a ele, como se o irmão partisse para sempre:

— Claudio, Claudio, estás doente... fica... Oh, meu Deus!

E ele se desprendeu violentamente dos braços que procuravam retê-lo:

— Deixa-me! Deixa-me! Não vês que não posso, que não aguento mais?...

Quis ainda segurá-lo na sua ternura desesperada:

— Quando voltas, quando?

Parou na porta, olhando-a:

— Não sei... talvez um dia... quem sabe? Nunca...

Ela ficou, torturando-se, sentindo nas faces uma umidade incômoda de lágrimas. Por que se deixara beijar?...

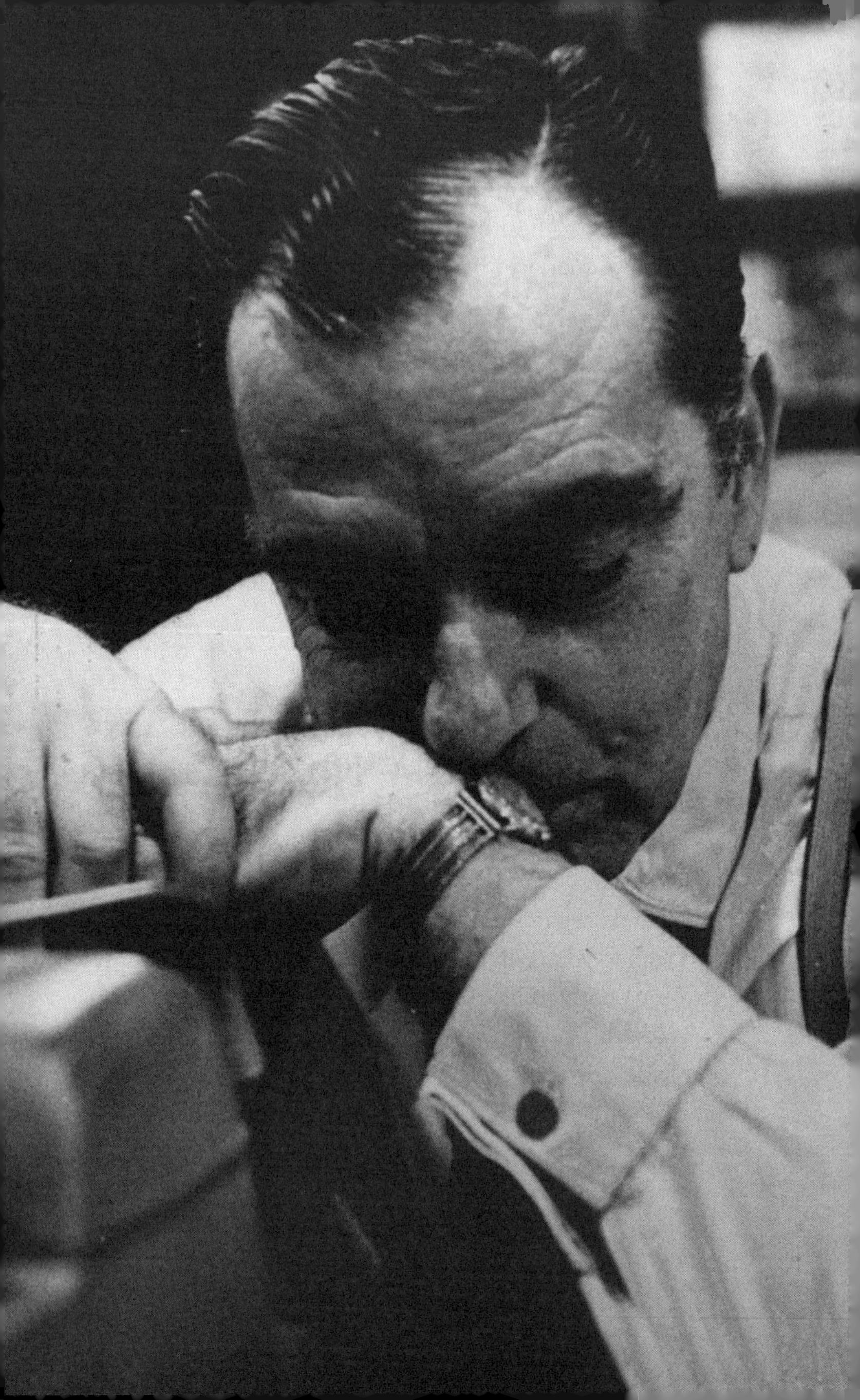

Capítulo 2
O Marido da Cunhada do Irmão

Claudio tinha certeza de que ela, Branca, sofria mais do que ele, Claudio, e era porque ela, Branca, seria uma pessoa pior do que ele, Claudio, e Deus é justo quando faz sofrer mais as pessoas que são piores.

Claudio saiu andando — a chuva, a rua escura, cachorros uivando, aquele Rio de Janeiro em 1937, aquele Rio de Janeiro, a iluminação titubeante, antiga, de uma lâmpada fraca e amarelada, a chuva fina e constante. Cachorros uivando.

Claudio: o traído, o abandonado, o doente, o puro que sofria a dor pura do amor.

Claudio considerava a dor do amor uma dor cheia de luz, cheia de vida, uma dor quase gozo. Matéria-prima de toda a poesia, a dor do amor.

Não! Não era sofrimento! Era prazer! A recompensa da pureza! A poesia o tempo todo! Aquele olhar, caspa, a camisa ensopada de chuva. Para Claudio, o amor doloroso era imortal e aquele que fosse capaz de senti-lo tinha direito a nada menos que a eternidade.

"Sou um poeta!", pensou Claudio, entusiasmado e infeliz.

Era preciso salvar Branca, pessoa Inferior, que sentia como única dor apenas a dor profunda, a mais profunda de todas, paradoxal, a dor da não compreensão da própria dor.

A dor inocente, sem remorsos, a dor que era capaz até de sorrir, até de amar.

Branca, a que sofria sem saber que estava sofrendo, muito jovem, quase uma menina. Branca era linda demais, e uma menina assim não sabe reconhecer o sofrimento, incapaz de reconhecer a solidão, sempre na companhia de pessoas que não a amam, que não a conhecem, que não se importam com ela, Branca, que não têm como mostrar a ela, Branca, o que é, de fato, o verdadeiro amor.

Branca, quando amava, amava por apenas dois ou três dias um ou outro homem que subia com ela, Branca, para o quarto. Bastava o homem ter os dentes da frente, o hálito limpo e os sapatos bem-engraxados para ser amado por Branca. Amor passageiro, um sonho, uma fantasia de amor numa noite de chuva fina e constante, postes com lâmpadas amareladas, cachorros uivando, um bêbado gritando muito e, vez ou outra, passando do outro lado da rua, pisando nas poças, uma dessas pessoas que sofrem muito, de noite, o tempo todo. Pessoas amando muito, ridículas.

"Sim! Um poeta que sofre muito, e o meu sofrimento vem do amor que sinto por uma mulher que escolhi por ela não poder me querer. E toda a culpa que sinto por esse amor é remorso sincero. É loucura. Loucura santa. As loucuras são santas. Não! Eu não sou louco! Ainda não! Sempre pensei que eu era pior do que os outros. Caspa. A mulher que deveria me amar tem de aceitar a caspa. Sempre! Tem de aceitar tudo! Sempre aceitei Branca! Branca, a que sofre pela imoralidade que pratica, sem distinguir, de fato, o pecado da pureza. Branca, pura leviana!"

Claudio pensando e andando, a chuva fina, constante. De vez em quando, uma pessoa que sofre muito, o tempo todo, atravessa a rua.

"Numa cidade como aquela de onde Branca e eu viemos, todos sabem de tudo. Tudo! Qualquer amor é sempre muito perigoso. E fui amar a única pessoa que eu não poderia amar jamais naquela cidade pequena, erma, naquela cidade onde tudo se torna morto, a partir do ocaso, a partir da escuridão. Amores proibidos são amores entre cadáveres, e por isso sou assim: um cadáver esperando pelo perdão de Deus. E assim serei até o último suspiro, um sofredor feliz com o próprio sofrimento, aquele que paga o grande pecado em vida, maltrapilho por ruas mal-iluminadas, recusando um novo amor — sou totalmente dedicado ao amor proibido, ao amor penitente —, recusando qualquer felicidade, recusando a própria vida."

— Ra-ra-ra-ra-ra-ra-ra-ra-ra-ra-ra-ra-ra-ra-ra — Claudio ouve a gargalhada ao longe. Gargalhada de mulher! "Teria vindo da Pensão Oriente? Branca?"

"Não! Branca não! Essa gargalhada vem de uma mulher que sente a própria degradação. Não é uma gargalhada humorística, muito menos uma gargalhada de felicidade. É uma gargalhada de escárnio, provavelmente uma mulher que ri do homem a quem levou para o quarto. Um homem desesperado de amor como eu? Não é a gargalhada de Branca. Definitivamente, não é! Branca ainda tem a inocência dos que não sofrem, embora sofra sem saber. A inocência dos piores, a inocência dos que não sabem, a inocência de quem ama por dinheiro homens imundos, os piores dos piores, os que não sofrem nunca, os que serão castigados eternamente por não sofrerem, ou por sofrerem muito mais que todos, já que Deus é justo, e os piores, os felizes, eles sofrerão mais do que todos, mais do que Branca, sem saber que sofrem o tempo todo sem parar, lambuzados nas porcarias sensuais! Branca é Maria Madalena! Escrava da fúria do corpo! Branca, uma hora, sente tamanha felicidade ao comprar um brinquedo para o filho abandonado com nossos pais, deixado para trás, naquela cidade cadáver. Ninguém imagina. Eles pensam que o desviado do caminho sou eu, o pecador, o que ama uma mulher proibida. Eles creem piamente que Branca é feliz, que ela trabalha honestamente no comércio aqui da capital. Nem Branca, nem nossos pais. Só eu sei o quanto minha irmã sofre, o quanto é profunda sua dor indecente."

A chuva diminui, para. O som que se ouve agora é o das gotas pingando esparsas nas poças da rua e da calçada.

E o som daqueles que sofrem muito, de noite, amaldiçoados, bêbados cantores da madrugada na cidade.

— É por causa dela que eu vou nos boteco tomar uns negócio... É por causa dela que eu vou nos boteco tomar uns negócio...

Claudio para e se encosta num dos postes de luz amarelada, tira do bolso um meio cigarro que fora guardado para quando a chuva passasse. Mas não há fogo. A caixa de fósforos está encharcada, perdida. Claudio olha para um lado, para o outro. A escuridão seria total não fossem as lâmpadas de luz amarelada e um bar minúsculo, também iluminado por lâmpadas amareladas e titubeantes, a quarteirões de distância. É preciso chegar até lá.

— É por causa dela que eu vou nos boteco tomar uns negócio... É por causa dela que eu vou nos boteco tomar uns negócio...

Claudio foi pensando na irmã, o tempo todo sem parar: Branca! Claudio tinha a convicção de que algo de muito ruim deveria acontecer à irmã. Algo que desse a Branca a dimensão real do verdadeiro sofrimento, algo que fizesse com que Branca pudesse sentir a poesia de uma madrugada, na cidade, luzes amareladas, chuva fina e constante, bêbados improvisando canções de amor e dor.

— É por causa dela que eu vou nos boteco tomar uns negócio... É por causa dela que eu vou nos boteco tomar uns negócio...

Claudio pensa, andando na direção do boteco sombrio, pisando forte nas poças:

"Porque a poesia, esse encontro com Deus, o único encontro possível com Deus, a poesia só pode nascer da dor, ou da saudade. Basta Branca chorar pelo filho, apenas por um instante, um milímetro de dor, e logo já está sorrindo, pensando em presentes, em dinheiro para comprar presentes, dinheiro até para ajudar alguém, uma generosidade que não poderia nascer no coração de uma mulher que ama os homens pelo dinheiro. Estou totalmente convencido. O Demônio existe e sua manifestação mais concreta é o dinheiro. Branca fede a dinheiro! Um cheiro que persiste mesmo diante do mais perfumado sabonete, das loções mais prazerosas ao olfato. E é impossível não sofrer quem sente, exalando de si, o mais repugnante dos odores. Mas Branca não sente o cheiro, insensível."

Era um balcão de bar de fórmica vermelha. A bituca de cigarro amarrotada na boca compunha com o terno esgarçado, as golas e os punhos encardidos da camisa, mais o cabelo água & óleo, a pose perfeita para o sofrimento superior de Claudio. E Claudio estava sóbrio, era na verdade a única pessoa sóbria, o dono do boteco à parte, naquele estabelecimento.

Claudio, claro, não tinha dinheiro para qualquer bebida que fosse, mas haveria de encontrar alguém conhecido e piedoso, alguém que pudesse se identificar com o heroísmo daquela dor, alguém que também sofresse muito no único bar aberto da cidade, alguém que ainda tivesse alguns restos de centavos para pagar uma ou duas doses da bebida mais barata daquele bar, o gim mais hediondo, a cachaça mais venenosa, ou mesmo álcool Zulu para atear fogo às próprias vestes, depois de uma golada, e acabar com aquilo tudo de vez, morrer de amor etc.

— O Ulpiano! Aquele ali é o Ulpiano! — exclamou Claudio para o dono do bar, que balançou a cabeça afirmativamente.

O Ulpiano bebia muito e sofria um clássico da dor de amor: sua mulher o trocou por seu melhor amigo, irmão, camarada. Como se não bastasse, era exatamente esse melhor amigo quem sustentava o Ulpiano. Incapaz de qualquer atividade profissional, devido ao alcoolismo causado pela dor de amor, Ulpiano aceitou, como uma espécie de indenização, que o melhor amigo pagasse todas as suas despesas, incluindo o gim, aquele, o mais hediondo.

— Levei a melhor! Saí na vantagem! Sou corno profissional! Enquanto a finada só decai, só perde aquela forma de violão, olha eu aqui, na orgia, vivendo a boa vida, aproveitando os prazeres proporcionados pela minha própria dor — gritava o Ulpiano. — Claudinho? Está sem dinheiro de novo, não é? Venha, Claudinho! O meu gim é o seu gim!

Por uma pequena fração de segundo, Claudio até se esquece de sofrer e quase sorri agradecido para o Ulpiano.

— Como vai você, Claudinho? Sofrendo muito? — Ulpiano se aproximou de Claudio e tentou beijar-lhe o rosto, com a boca pastosa, aquela espuminha nos cantos da boca.

Claudio vira o rosto bruscamente, recusando o beijo fraternal, pensando:

"Se não fosse pela bebida, eu sairia daqui imediatamente. Eu não aceito o dinheiro, mas aceito a bebida. O álcool abre uma porta para a poesia, para a saudade e o afeto. Ao contrário do dinheiro, que corrompe todos os sentimentos, qualquer emoção... Sou um poeta e aceito o gim, mas jamais aceitarei dinheiro!"

De um jeito ou de outro, Claudio sempre convencia a si mesmo de que era um dos superiores, um dos que estão acima de toda torpeza, acima do dinheiro, do amor carnal, do prazer leviano. Claudio aceitou o gim e aceitou também ter seu sofrimento ridicularizado, aos berros. Chovia perdigotos. Tudo em troca de duas ou três doses de gim. O Ulpiano bradava:

— Porque o Claudinho sofre muito! Mais que qualquer um aqui! No mundo inteiro, não há ninguém que sofra mais do que o Claudinho! E sabe por quê? Só porque é corno! Igual a mim! Quer dizer... Ele é corno umas duas ou três vezes! Eu sou corno uma vez só, e recebo indenização! E quer saber? Eu sou o corno mais feliz deste mundo! Já bebeu o gim, Claudinho? Pegue mais um aí! Claudinho, Claudinho... O Claudinho, aqui...! Estão me escutando? O Claudinho aqui gostava de uma mulher lá na terra de onde o Claudinho e eu viemos! Inês! Ele me contou tudo! E eu vou contar para vocês, que bêbado não guarda segredo! É ou não é, Claudinho?

Claudio se submete à invasão de privacidade para não perder a próxima dose de gim. Ele, Claudio, bebe um gole rápido e abaixa a cabeça, submisso, santo, quase bêbado.

— O Claudinho adorava a tal Inês, ficou um bom tempo fazendo a corte, até que ela aceitou se casar com o Claudinho. Mas apareceu um sujeito, o João de Almeida, um comerciante rico, dono da cidade inteira, e tomou a Inês do Claudinho, a uma semana do casamento. Claudinho! Você é um coitado! Como sofre o meu amigo Claudinho! O

Claudinho ficou uma semana chorando na porta da igreja, até que a irmã da própria Inês, a Hilda...! Como é linda a Hilda! Inês e Hilda! Lindas! A Hilda foi consolar o nosso Claudinho! Todo dia levava café, lanche, tudo! Então, o que foi que aconteceu? Hein, Claudinho? O Claudinho acabou se casando com a Hilda um mês depois do casamento da Inês com o João de Almeida! O Claudinho tinha tudo para ser feliz! E foi feliz por uns dois ou três anos! Uma felicidade quase indecente! Só que o nosso amigo doutor João de Almeida não se conformou em ficar só com a Inês e acabou se tornando amante de Hilda! Sim! Amante da própria cunhada! Vejam que situação a do Claudinho: apaixonado pela esposa do João, sua cunhada, do Claudinho, enquanto o João de Almeida tinha para si a própria esposa, cunhada e amada do Claudinho e também a própria cunhada, esposa do Claudinho! Estão vendo? Só até este ponto, o Claudinho já é corno duas vezes! Mas não acabou aí, não! Sabe, minha gente, o Claudinho sempre foi muito apegado à irmã, muito linda! Vive aqui no Rio de Janeiro! Sabem onde? — neste momento, Claudio ameaça se levantar e partir para cima do Ulpiano.

Mas não. O Ulpiano poupou o endereço de Branca, mas prosseguiu com a história.

— O Claudinho e a irmã dele eram tão apegados que o pessoal até desconfiava, até falava pelos cantos. Um dia, a irmã do Claudinho apareceu grávida em casa! Vocês acham que o filho era de um qualquer? Não, meus amigos! Não era de um desses que engravidam a mulher e depois não assumem a responsabilidade! O pai da criança foi lá, assumiu o bebê, mas, como era casado e amava sua esposa, não podia se casar com Branca, irmã do nosso Claudinho. A família do Claudinho, de Branca, achou digno! Ficou até feliz! O amante de Branca ainda distribuiu dinheiro entre toda a família! O Claudinho, claro, recusou sua parte na indenização! Já Branca pegou sua recompensa e veio começar a vida aqui na capital. Um homem de bem, o pai do Joãozinho! Sabe quem é o pai do Joãozinho?

Nesse momento, um homem de bem e bigode entrou no bar:

— Alguém pode me informar onde fica a Pensão Oriente?

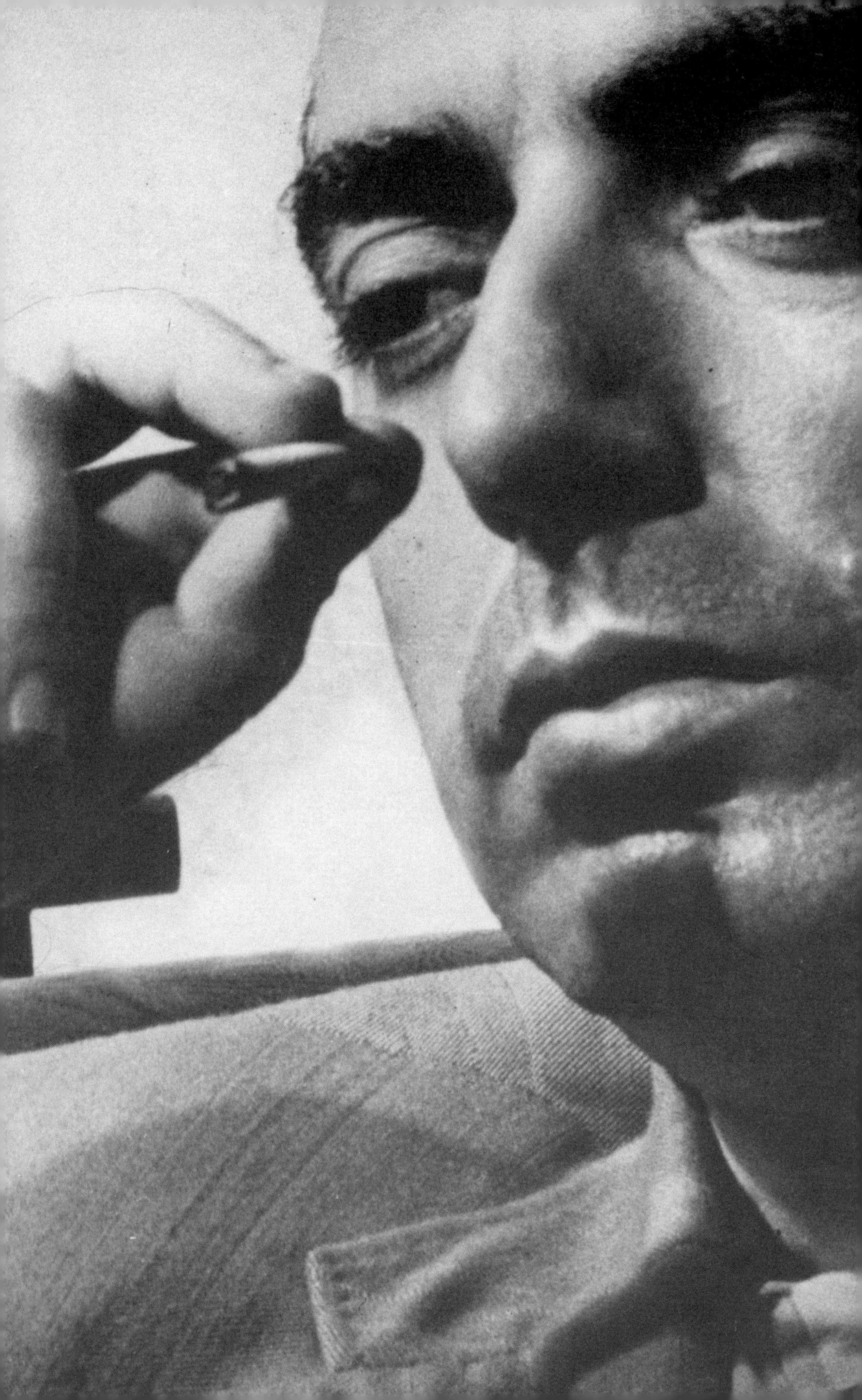

Capítulo 3: O homem por detrás do bigode

Deixemos, por enquanto, caro leitor, este recém-chegado aí mesmo, de pé, na entrada do bar, com seu bigode e seu pedido de informação, e voltemos um pouco à Pensão Oriente, onde vimos pela última vez Branca com o rosto úmido de lágrimas. Lágrimas podem ser ótima companhia.

Depois que o irmão foi embora, Branca subiu correndo os degraus da escada, abriu a porta do quarto e se atirou na cama como uma desesperada. E assim ficou até que ouviu batidas na porta, e reconheceu a voz amiga de Jane Rasga-Lençóis, que perguntava e anunciava:

— Tudo bem com você, Branca? Olha, eu vou entrar — disse, e entrou.

Disse, e entrou... e sentou-se na cama... e fez carinhos com a mão magra nos cabelos de Branca. Era a sua melhor amiga, e sentia um nó na garganta ao vê-la daquele jeito.

— Eu ouvi tudo o que ele disse. Sabe, tenho pena dele, e um pouco de raiva também por ele ter feito você chorar. Você não merece isso.

Deitou-se ao lado de Branca, puxou para si o rosto que estava enfiado no travesseiro e achou-o muito bonito, mesmo borrado. E sem saber direito o que dizer, começou a cantarolar baixinho uma canção, um lundu, triste. Fez efeito. Branca parou de chorar, e até já esboçava um sorriso. E chegou a cantar junto, desafinadinha, os versos finais, que falavam na patroa se olhando no espelho rachado da criada, e riram juntas. Logo estavam trocando entre elas umas bobagens de mulher da vida, riram um pouco, e nem ligaram para os barulhos que vinham do andar inferior e da música que começou a tocar no aparelho que a Papisa botava na janela da rua para avisar que a casa estava aberta. Que os clientes chegassem, que esperassem, que ficassem como loucos. Elas só iam descer quando quisessem, ou quando a Papisa viesse botar abaixo a porta do quarto. Riram como duas doidas dessa ideia.

Mas Branca de repente desapareceu com o riso do rosto, e fez uma confidência séria para Jane Rasga-Lençóis.

— Sabe, Jane, família é o melhor e o pior na nossa vida. Lá na minha cidade, quando eu era criança, o que mais eu gostava de ficar olhando era o muro de um terreno baldio onde meu pai colocava as galinhas para ciscar minhoca, e a mim para ficar tomando conta delas. O muro era todo pintado de branco, caiado, do lado de dentro do terreno, mas para quem olhava da rua, ele era todo negro, negro de velho, negro de sujo. Cada vez que um pedaço dele desabava, o lado negro diminuía, mas o lado branco também. Daí que esse meu irmão que você viu aí, que desde menino era meio doido, aluado, cheio de ideias, até que endoidou de vez e teve de ser internado, e depois ficou bom, mas nunca ficou bom de todo, ficou sempre um pouco erradinho, esse irmão, que era a pessoa que eu mais amava nesse mundo até ter o meu filho, escreveu com um graveto no lado negro "amor", e, no lado branco, "ódio". Ele então me disse que, se aumentasse um lado do muro, o outro aumentava também, e se diminuísse um lado, o outro diminuía também. Quando ele me beijou na testa hoje eu sei o que ele queria dizer. Que já não tinha mais nada desse muro entre nós. Que acabou, que agora é só o vazio. Nenhum ódio, nenhum amor. Nem preto, nem branco, o vazio.

— Não é o vazio nada, Branca. Pelo menos para você. Você tem a mim. Tem seu filho.

Branca abraçou bem forte a Jane Rasga-Lençóis.

— Quando acabar a função, você vem dormir aqui comigo hoje? — perguntou.

— Você quer, eu venho. — respondeu Jane Rasga-Lençóis.

Branca então deu um pulo da cama e num minutinho já estava pronta. As duas saíram juntas do quarto e desceram a escada para o salão, onde as outras garotas já recebiam os visitantes e a Papisa exibia a cara alegre de quando a casa prometia bom movimento.

Ao vê-las, correu para elas e cochichou que circulassem entre os homens, risonhas e oferecidas, como sempre, mas esquivassem qualquer convite, pois deviam esperar a chegada de uma pessoa especial. As duas se entreolharam, curiosas, e se misturaram às outras no salão.

É o ponto em que talvez devamos retomar aquele sujeito que ficou lá atrás, na porta do bar, com seu bigode e sua pergunta sobre a Pensão Oriente, enquanto o falador Ulpiano e o silencioso Claudio bebiam e faziam círculos com o copo de gim, manchando a fórmica vermelha. Deixemos as moças, os risos, os licores e a tristeza da pensão alegre, e retornemos ao bar. Se a memória não nos falha, o homem de bem e bigode entrou no bar e lançou no ar a pergunta:

— Alguém pode me informar onde fica a Pensão Oriente?

O homem atrás do bigode era sério, simples e forte. Ulpiano, observando que o atarantado Claudio não tinha se dado conta da pergunta do recém-chegado, teve muita presença de espírito. Deixando de lado o jeito histriônico que ostentara a noite toda e erguendo-se da cadeira com discrição, foi até o sujeito e sussurrou-lhe em poucas frases que não era a melhor hora de se tocar naquele assunto, e especialmente no nome daquele lugar. Indicando com um erguer de sobrancelhas e um esgar a figura deplorável de Claudio, deu a entender que ali se encontrava uma vítima da casa.

— Apaixonou-se por uma delas? — perguntou o outro, curioso, ao pé do ouvido do Ulpiano, enquanto com os olhos percorria a vitrine com garrafas de licor, e era algo notável como a visão das garrafas e as informações que lhe eram fornecidas por Ulpiano lhe iam enchendo os olhos de cobiça e a boca de água. Excitadíssimo, acrescentou: — Ou será, valha-me Deus, a mãe?

— Irmã. O apelido é Branca Turno-da-Noite, talvez tenha ouvido falar dela.

— Ui! Irmã? Dói menos que mãe, é bem verdade, mas ainda assim... que espeto! Nunca ouvi sobre a fama dessa aí não. Na verdade, os amigos lá do jornal me indicaram uma tal de... deixa eu ver... — e calou-se, enquanto tirava uma caderneta de dentro do bolso do paletó... — Jane Rasga-Lençóis — leu ele, por fim.

Ulpiano fechou os dedos da mão esquerda em pinha e beijou-lhe as pontas, fazendo um estalo, o que queria possivelmente dizer que não se arrependeria, que a dica era boa. De repente, ouviu-se a voz trêmula e desesperada de Claudio, que apenas parecia alheio à cena toda, mas estava perfeitamente consciente do que estava se passando ali:

— Que Jane Rasga-Lençóis, que nada. Vá com a Branca! A santa perdida, vá com ela que não se arrepende. Aliás, se quer eu o guio até lá. Na verdade, acabo de vir de lá. Nem precisa me agradecer, basta me enfiar uma faca no peito, e eu é que lhe fico muito agradecido.

— Que é isso, Claudio? Já ficou bêbado?

Claudio pareceu então desabar, como se aquele rompante tivesse esgotado todas as suas últimas forças. Encostou o rosto sobre a fórmica vermelha, fechou os olhos, e tentou imaginar o nada e a sua tranquilidade.

Ulpiano tornou a sentar e, puxando uma cadeira para o recém-chegado, convidou-o a sentar-se com eles.

— Não ligue para ele, agora vai ficar assim um bom tempo. Meu nome é Ulpiano, muito prazer.

— Chamo-me Carneiro, e, se não se incomoda, aceito sim, com gosto, o convite. Só não o acompanho no gim... Se bebo gim, fico estragado a semana toda. Por outro lado, um licorzinho de ovos... ui!

— Que venha então um licorzinho de ovos para o Carneiro, ó Lima.

O Lima serviu o licorzinho para o Carneiro e tornou a encher de gim o copo de Ulpiano. Deixou o de Claudio como estava, vazio. E voltou para trás do balcão.

— O amigo Carneiro então trabalha em jornal?

— Faço um pouco de tudo por lá. Crime, política. Não se ganha muito, mas ganha-se muito em contatos. E contatos, Ulpiano, são tudo nesta vida.

O outro concordou, e, enquanto a conversa dos dois passava pelo Rio de Janeiro, pelo custo de vida, pelas vantagens das amizades influentes, pelo calor, pela roubalheira geral, tudo misturado com gim e licor de ovos, pela cabeça do Claudio ia passando outro vendaval de imagens, um outro mundo de sons.

"A culpa é minha", pensava ainda com os olhos fechados, o rosto enfiado na fórmica vermelha. "Como fui hesitar daquela vez, no alto da árvore? A corda já estava bem amarrada no galho, o laço estava dado. Era enfiar aquilo no pescoço e pular. Para a liberdade, para o nada, para o mistério e o nunca mais. Mas tremi, meu Deus, como tremi, e desci daquele galho mais alto, a corda enrolada na cintura, o rabo entre as pernas, chorando como mulher. E voltei para as humilhações diárias, para o constante tapa na cara que a vida nos dá a cada amanhecer. O que é que tem essa maldita vida que nos apegamos tanto a ela? Se tivesse morrido então, o que é que tinha perdido? Nada. Mas fui viver, e deu nisso. Vivo me comparando com todos, e não há um só que eu não veja como um superior, como alguém mais feliz do que eu, que eu não inveje apenas por não ser eu. Ulpiano talvez esteja certo, ele me disse uma vez: — Comparou, perdeu. — Não, não perdi, estou mesmo é virando santo. Parece que espinhos estão dilacerando minha carne, parece que fel borbulha na minha boca."

— Leu na edição da semana passada do *Diário* aquela paulada nos paulistas? De minha lavra. Coisa boa é dar paulada nos paulistas. Nunca o jornal vendeu tanto. O chefe até me encomendou: "Arrume alguma coisa em que bater como fez com os paulistas." Com políticos porém é que não vou me meter. Tem esses artistas, arte moderna. Pode ser que bata nessa turma.

— Olha que o amigo me parece mesmo homem de coragem. E veja só — e passou então a sussurrar, para não ser ouvido por Claudio, que ele julgava estar dormindo —, ainda está com vontade de dar um pulo na Pensão Oriente? Esse gim e essa conversa me botaram comovido como o diabo. Acho que, se o amigo não se incomodasse com minha companhia, ia junto.

— Pois vamos, que amizade boa se sela em pensão alegre — respondeu Carneiro, sem controlar a voz e já puxando a carteira para pagar.

— Nem se atreva, amigo Carneiro. Ó Lima, já sabe que essa é para pendurar, não sabe? E deixa esse aqui dormindo até a hora de fechar, depois despede-o para aquele lugar que ele chama de casa — avisou Ulpiano, referindo-se a Claudio.

"Os idiotas pensam que não sei o que tramam. Daqui a pouco estarão lá, entrando nas carnes macias e apodrecidas de Branca Turno-da-Noite e Jane Rasga-Lençóis. Que aproveitem muito bem. Se elas se dão ao mundo assim, se resolveram ser o mictório público, que sofram toda a humilhação que merecem. Quanto a mim, daqui não me movo. Não é mais minha irmã. Nem eu sou mais eu. Sou só aquele lá, em cima da árvore bem alta. Atando a corda bem firme no galho mais alto da árvore do terreno baldio, fazendo um laço onde encaixar meu pescoço. Sou só aquele ali, não o que desistiu e desceu, mas o que numa realidade paralela pulou de fato e virou nada, e viu o nada, e se desfez em nada. Longe de amor e ódio é que vivo agora. Sou pura audição ouvindo do céu os uivos de dor e tormento e lascívia que chegam da terra. E sinto dó. Não, não sinto nada. O que desceu com a corda amarrada na cintura, cabisbaixo, o rabo entre as pernas, é que sente, o Claudio da vergonha, o cadáver adiado. Vou abrir os olhos e não vai ter bar nenhum, copo de gim nenhum, fórmica vermelha nenhuma. Só o nada e a minha alegria."

— O pessoal só chama a chefa do lugar de Papisa. Parece que tem um homem poderoso por trás do negócio, que dá proteção. Mas para os frequentadores e para as meninas de lá, a responsável por tudo é a Papisa. Qualquer problema é tratado com ela e resolvido por ela. Vou apresentá-lo à Papisa. Aliás, vai ser só eu dizer que o amigo é do mundo do jornalismo que a Papisa vai lhe tratar a pão de ló.

— Quisera todos vissem o jornalismo desse modo. O amigo Ulpiano não sabe o que dizem de nós por aí. Já vi padre-filósofo dizer que não mataria uma mosca, mas que participaria de boa vontade de um pelotão de fuzilamento se o condenado fosse jornalista. Ui.

— Que padre espeto!

"A rua é inútil e nenhum auto passaria sobre meu corpo. Onde foi que li isso? Os dois já se foram, e os outros também. Não quero abrir os olhos. O Lima ainda vai estar ali, me olhando. Ou esqueceu-me aqui. Faz um silêncio de rua antes do crime. Também li isso ou sonhei? Desgraças da poesia, o que vem com dificuldade, depois de muito trabalho e pena, jogo fora porque considero indigno da inspiração, porque é falso, é mentira. E o que vem não sei de onde, tenho medo de que seja algo que li em algum canto. Não há vergonha maior do que o plágio. Ser corno só é menos ruim do que ser plagiário. Ah, ver um dia, impresso, um livro de versos meus. Isso é que faria tudo o mais fazer sentido, até a descida da árvore, a infeliz descida da árvore, dia de maior humilhação na vida, ao qual não se seguiu um dia sequer em que uma pequena humilhação não me esbofeteasse. Hoje, porém, Branca me deu a bofetada final. Os versos são minha segunda chance na vida?"

— Ulpiano! Há quanto tempo não vinha nos fazer uma visita — disse a Papisa, abrindo os braços, levantando-se do sofá e indo cumprimentar o antigo frequentador.

— Eu é que sei como me doeu essa ausência... mas a vida separa às vezes até os melhores amigos... — afirmou com fingida melancolia o Ulpiano.

— E por falar em amigo, quem é o seu amigo aqui? Não me lembro desse rosto.

— É o Carneiro. Homem de inteligência invulgar. Escreve para o jornal. Mete o pau nos paulistas. Agora vai atacar a turma da arte moderna. Um gênio, o Carneiro.

Carneiro e Papisa apertaram-se as mãos estudando-se. Ela mandou que uma das garotas servisse algo para os dois, e ela chegou com cerveja.

Conversa vai, conversa vem, Ulpiano perguntou à queima-roupa onde estavam Branca Turno-da-Noite e Jane Rasga-Lençóis.

— Não escondo — disse ele — que eu e meu amigo viemos com esse objetivo claro. Queremos as duas. Estamos tinindo.

— Ih... Ulpiano, lamento, mas hoje não vai dar, hoje vão ter que se satisfazer com as outras meninas... todas muito especiais... — disse a Papisa com ar satisfeito. — Hoje as duas estão atendendo um freguês figurão, da alta-roda, político de...

E calou-se de repente, ao ver que aquela menção fizera o Carneiro arregalar os olhos, e não de excitação sexual exatamente. Um jornalista na casa? Tanto podia ser coisa boa, como um perigo.

Capítulo 4
Da Lapa ao Gólgota

Claudio acordou com o dia claro, encostado num vão de porta, na Lapa. Não lembrava como fora parar ali. Pessoas passavam por ele. Talvez em direção ao trabalho. Algumas nem o notavam, benditas sejam! Outras fitavam-no de baixo para cima, com ar de reprovação ou mesmo de nojo. Escolheu um sujeito tão maltrapilho quanto ele próprio e perguntou a hora.

— Quase meio-dia, vagabundo!

Até a ralé das ruas não o respeitava mais. Bem-feito! Ele merecia. E concluiu, dando um de seus raros sorrisos, como se tivesse recebido uma coroa de louros:

— Eu também sou escória! Graças a Deus, também sou lixo!

Sentiu no bolso do blusão, sob o paletó amarfanhado, um pequeno volume. O Ulpiano, aquele idiota, havia colocado ali um monte de cédulas imundas. Pelo menos, poderia continuar bebendo. Pensou em fazer a sagrada fezinha no bicho, mas viu o boteco da noite anterior aberto, entre os olhos remelentos. Arrastou-se até lá. Tossia muito, entre a verdade e o disfarce. Meio-dia! Tinha sido um rapaz limpo, cheio de sonhos. Agora era um malandro a mais nas ruas do Rio ávido. Parou no balcão de fórmica vermelha do bar. Um nordestino desconhecido se aproximou de cara feia. Claudio colocou algumas notas sobre o balcão.

— Posso pagar. Me dá um limão da casa. Duplo!

Foi servido, mas não pôde alcançar o copo. Suas mãos estavam paralisadas, e havia como que um caroço apertando seu peito. Pediu ao pau de arara:

— Sofro de reumatismo. Dou uma gruja boa se você virar esse copo na minha boca.

O atendente balançou a cabeça em negativa e se afastou. Um carteiro muito jovem, que tomava média com pão, o ajudou. Com a primeira talagada, sentiu-se mais forte. Bateu com o copo no balcão e engrossou a voz:

— Bota outra sepultura da memória aqui pra mim, paraíba! E uma cerveja geladinha, se não for muito incômodo para Vossa Excelência.

Estava a fim de criar caso. A bebida lhe dera coragem. A cerveja lhe refrescou a boca seca e pareceu que seu coração voltava a bater em ritmo normal, sem o aperto no plexo. Virou-se com os cotovelos no balcão. Dois homens, roupas velhas manchadas de tinta, um deles bem malandro, com ar de presepeiro, haviam terminado o PF e bebiam cachaça. Claudio perguntou cheio de novo gás:

— Tudo bem aí?

Os dois o olharam e caíram na risada. Claudio viu tudo vermelho. Vagabundo nojento! Quebrou a garrafa na beira do balcão e se aproximou, rápido, dos trouxas.

— Qual é o problema, palhaços?

O malandro tentou falar:

— Nenhum. A gente só tava bicando a branc...

Claudio enfiou, o gargalo transformado em firme empunhadura, a garrafa quebrada na cara do malandro, duas, três vezes, com fúria. Assustado com o próprio gesto e a gritaria, saiu correndo. Parou sem ar numa rua da Glória. Tia Lídia, irmã temporã de sua mãe, quase da mesma idade que Branca, morava num prédio novo por ali. Também era prostituta. Localizou o edifício e passou pelo porteiro, que o olhou de esguelha com ar de riso. Detestavam-se gratuitamente. O ódio gratuito é o melhor e o mais profundo. O porteiro lia um jornal popular. Claudio disse para ele:

— Só vou ler essa porcaria quando a manchete contar como você foi esquartejado.

O porteiro nem-te-ligo.

— Vai com calma que tem gente lá com a "titia"...

— Não te perguntei nada, energúmeno. Vê se cala essa boca imunda pra comer angu!

Subiu as escadas, o bolo no peito voltando. No corredor da tia, viu que um sujeito, de roupas espalhafatosas, estava saindo do apartamento dela, com jeitão matreiro. Claudio passou pelo cara e empurrou a porta ainda aberta. A tia estava botando o sutiã. Não se deu por achada. Riu com gosto. "Só mulher que não presta ri assim", pensou Claudio, "com essa desfaçatez".

— Que surpresa, Claudinho!

— Você passou para a sua sobrinha o gosto por malandros presepeiros. Duas vacas!

A tia fez um biquinho irônico de beijo e Claudio tacou-lhe uma bofetada de cinema na cara. Ficou fascinado com o sangue que escorria pelo queixo dela.

— Tá olhando o quê?

Respondeu como se estivesse em transe:

— O sangue. O sangue na tua boca.

— Beija! Vem! Beija, se tu é homem!

E Claudio a beijou. Chupou, sôfrego, o sangue. Mordeu para que saísse mais. Ela havia pedido de um jeito que homem algum pode recusar. Correu para a porta da rua, mas não escapou da voz dela, em meio a uma risada cristalina:

— Você é um menino muito doente, Claudinho!

Sentindo marteladas nas têmporas, com a vista escura, Claudio vagou pelas ruas. Por sorte o porteiro não estava, ou também seria agredido. Como por milagre, Claudio viu-se diante da Pensão Oriente. Ergueu os olhos e viu Branca na janela. Ela lhe fez um sinal, que a esperasse na rua. Quando Claudio abraçou a irmã, começou a chorar.

— Matei um homem, hoje, por sua causa. Um vagabundo.

— Que isso, irmão? Do que você está falando?

— Naquele bar que o Ulpiano frequenta. O camarada virou um paliteiro. Furei a cara dele todinha. Estava falando mal de você.

— De mim?!?

— É! De você! Você é mais pública que o banheiro da Central do Brasil!

Branca tapou o rosto e caiu no choro. A amiga Jane Rasga-Lençóis apareceu com uma navalha aberta.

— Vai embora, maluco! Some daqui ou eu corto a tua lata de corno!

— Corta! Eu mereço! Eu não existo! Sou um mero plágio de outros infelizes.

Branca pediu que Jane guardasse a arma.

— Fica aqui tomando conta dele, Jane, por favor. Faz isso por mim. Preciso ver uma coisa.

Voltou rápido, mas pareceu uma eternidade para Claudio.

— Acabo de vir do Lima. Não houve nada por lá. Você não matou ninguém, Claudio! Não saiu nem briga, tudo está calmo. O Lima me garantiu que você esteve lá. Parecia muito abalado, falando sozinho, mas foi só isso.

Claudio ajoelhou-se aos pés da irmã.

— Branca, me promete uma coisa! Me promete uma coisa pelo amor da nossa mãezinha! Sei que a tua vida não tem volta, mas me promete uma coisa. Se você jurar, eu posso meter uma bala na cabeça em paz!

— Não fala besteira, Claudio. Você não vai se matar. O que vai ser de mim sem você?

— Promete, Branca!

— Tá bom, tá bom. Que coisa chata!

— Você nunca vai ter um cafetão presepeiro! Nunca, ouviu bem? Nunca! Agora, jura!

— Eu juro, Claudio! Pronto! Jurei! Tá satisfeito? Eu juro por tudo quanto é mais sagrado, juro pela vida do meu filho!

Claudio se levantou, beijou a irmã na testa e disse:

— Graças a Deus! Agora preciso acabar o que comecei. Amanhã viajo.

— Viaja? Pra onde, maninho?

E Claudio, com pose de quem partia para a Tomada da Bastilha:

— Para Minas.

Sentia-se envolto numa luz dourada. Sua *via crucis* começava a fazer sentido. Podia enxergar a si próprio no alto do Gólgota, pregado à cruz do Bom Ladrão. Um Jesus Cristo com rosto de Carlos Gardel sussurrava:

— Em verdade, em verdade, eu vos digo, Claudio: vai para a tua cidade natal e mata com um machado o crápula do João de Almeida, responsável por todas as desgraças que aconteceram com a sua família. Faz picadinho daquele cachorro, que disfarça, bota perfume, finge que é branco, mas é sarará. Não passa de um presepeiro!

Hosana nas alturas.

Capítulo 5
O Concunhado

Claudio desceu do ônibus com o machado debaixo do braço. Se não tivesse gasto todo o dinheiro que o Ulpiano lhe deixara com a passagem e o machado, beberia alguma coisa — um leite morno, uma cerveja, talvez uma cachaça — antes de ir ao encontro do João de Almeida. Estava cansado. Quem sabe fosse mais sensato ter comprado um terno e pego carona. Não podia aparecer na frente do João de Almeida naquele estado, desgrenhado, olheiras fundas, com sapatos desgastados, o paletó puído e encardido. A única coisa novinha em folha, que levava consigo, era o machado. Este ainda recendia a madeira recém-polida, um luxo. Já Claudio fedia. Não se lembrava de quando tomara o último banho. Cheirou o sovaco direito, depois o esquerdo, e teve vontade de chorar. "Devia ter comprado um terno e uma colônia", pensou. Principalmente uma colônia.

Olhou para os lados, para a minúscula rodoviária e sua desolada lanchonete, e caminhou em direção ao banheiro. Lá chegando, apoiou o cabo do machado na pia e se viu no espelho rachado. Parecia mais velho, bem mais velho do que Branca, embora fosse pequena a diferença de idade entre os dois e ele ainda tivesse todos os dentes da frente. Com as duas mãos espalmadas na pia, aproximou o rosto do espelho. Seria bom ter uma pinça para arrancar os pelos que se acumulavam entre os olhos. Tirou o paletó e estudou sua camisa no reflexo à frente. Estava ainda mais puída e encardida do que o terno. Não teve dúvida: se livrou também da camisa e da camiseta que usava por baixo de tudo. Abriu a torneira e jogou água no rosto e no peito cabeludo. Encharcou o cabelo, penteando-o para trás com os dedos. Pegou então o sabonete cor-de-rosa ressecado, que há muito perdera seu odor de lavanda, e o esfregou debaixo dos braços. Enxaguou os sovacos e os secou com a toalhinha de algodão que fora um dia branca e agora exibia uma mancha antiga, comprida e fina, provavelmente de sangue (um evidente sinal de mau agouro que passou despercebido por Claudio). Sentia-se melhor e muito mais apresentável. Sorriu para si mesmo no espelho. Foi então que viu, pelo reflexo, uma série de inscrições na parede às suas costas, acima do vaso sanitário. Virou-se e leu-as. A maioria dava conta da vida sexual dos poucos funcionários da rodoviária. "A Marcinha da lanchonete é uma mulher de ouro: se derrete toda para dar o anelzinho dourado." "O filho do Agenor do caixa não é do Agenor, mas do Gaspar, o faxineiro." "A Sônia da lanchonete só fica calma quando apanha." "O Paulo da bilheteria é um prodígio entre os cornos: leva chifre da mulher e da amante." Outros rabiscos queriam apenas ser engraçadinhos, mas fizeram Claudio refletir. "A verdadeira felicidade é chegar neste lugar a tempo." "Lá fora o cabra é muito macho, aqui não passa de um cagão." Entre as tantas inscrições, feitas a tinta ou a grafite direto na parede, se destacava uma maior, escrita a mão, numa letra reta e elegante, sobre um papel amarelado, afixado com fita adesiva. Dizia ela:

Garantia total

T R A G O
a pessoa amada
de volta te amando
mais do que antes

Beco da Solidão, 530, fundos

Claudio retirou da parede o papel com o anúncio e o colocou no bolso da calça. Apanhou o machado e saiu com ele, deixando para trás, sobre a pia do banheiro, a camiseta, a camisa e o paletó. Andava pelas ruas com o peito nu, arrastando o machado pelo chão. Dirigia-se resoluto à loja de João de Almeida, num passo cadenciado, nem muito lento, para não parecer provocação, nem muito rápido, para não parecer desespero. Mais uns dez minutos de caminhada e estaria cara a cara com o concunhado. Uma pequena multidão, intrigada com o machado e divertindo-se com o peito nu daquele Maciste anêmico de matinê, passou a segui-lo, guardando dele uma providencial distância.

Ao dobrar a esquina, finalmente divisou o estabelecimento de João de Almeida, que ficava na praça central, ao lado da igreja. E lá estava ele, dentro da vitrine da sua loja, com seu terno branco, sua indefectível gravata vermelha e suas polainas inatuais, que usava obstinadamente sobre o sapato bicolor. Vivia com o rosto todo empoado de talco e o cabelo besuntado com brilhantina, numa tentativa vã de torná-lo liso (ondas rebeldes e intratáveis, que se formavam apesar do cosmético, denunciavam a carapinha). Ele vendia roupas de baixo e fazia questão de vestir pessoalmente seus manequins, para escândalo da pequena cidade, que nunca deixou de se horrorizar diante da vitrine em que se exibiam, sem qualquer pudor, peças tão íntimas. Havia senhoras, ditas de respeito, que só passavam em frente à loja com as mãos em torno do rosto, ao modo de antolhos. Ao apertar as cintas nos manequins, João de Almeida aproveitava para passar discretamente a mão nas bundas daqueles corpos de material inerte. Mas evitava tocar-lhes os seios, porque os seios, acreditava ele, eram sagrados. Sagrados!

— Uma mulher verdadeiramente honesta jamais mostra seus seios — pontificava, baixando o tom de voz ao pronunciar a palavra "seios". — Nem mesmo para seu marido. Se mostrar, é porque o sujeito é corno. Batata!

João de Almeida estava de costas para a rua. Não viu quando Claudio se aproximou da loja. A pequena multidão se concentrou do outro lado da praça. Os mais jovens se sentaram no meio-fio, para melhor assistir ao espetáculo. E o ator principal não se fez de rogado. Claudio quebrou a vitrine com o machado e entrou por ela. Com o barulho, João de Almeida voltou-se:

— Claudio! O que é isso?

Claudio não respondeu. Pisando nos cacos de vidro, foi até João de Almeida e o agarrou pela gravata, empurrando-o para dentro da loja.

— Para, Claudio, você está me sufocando.

— Fica quieto e anda.

João de Almeida se locomovia aos tropeções. Claudio o arrastou até a porta do escritório. Lá, soltou-o por um instante, para, com as duas mãos, derrubar a porta de madeira a machadadas. João de Almeida estava lívido. Não falava mais. Apenas suava muito, o que fazia com que o talco paulatinamente sumisse do seu rosto.

— Entra! — foi só o que Claudio disse num tom duro e seco.

João de Almeida não titubeou. Entrou correndo e se pôs atrás de sua mesa. Tomou na mão trêmula o abridor de cartas como se este fosse um punhal — um punhal que não lhe serviria para nada (talvez só para justificar sua morte), já esqueci, qual é o nome do meu desvio de caráter? já que ele não tinha a mínima ideia de como manejá-lo.

— O que você quer? Meu dinheiro?

João de Almeida pegou sua carteira no bolso e a atirou em cima da mesa.

— Pegue! Vai comprar uma camisa, vai. Coma alguma coisa e tape esse peito indecente. Deve ser fome. Isso mesmo. Só pode ser fome.

Claudio levantou o machado e deu um único golpe sobre a mesa, bem em cima da carteira de João de Almeida, que se partiu em duas. Com a pancada, a mesa, que era forte, de jacarandá, envergou. João de Almeida, assustado, deixou cair o abridor de cartas no chão. Claudio levantou mais uma vez o machado e deu outro golpe violento sobre a mesa, que, desta vez, não resistiu e se rompeu. João de Almeida se encolheu. Claudio ergueu novamente o machado, mas, antes que pudesse baixá-lo, João de Almeida tombou no chão duro, a seus pés, como se tivesse sido atingido por uma bala ou como se suas pernas houvessem subitamente se transformado em borracha. Tal qual um penitente, juntou as mãos, palma contra palma, e se pôs a rezar baixinho, coisa que não fazia desde os nove anos, quando frequentava a missa só para ver as meninas com laços de fita na cabeça. Assim ficou, parado, rezando, por longos minutos, enquanto Claudio o observava, desconcertado com a atitude do outro, mas sem querer quebrar o encanto misterioso de que ele parecia possuído. Depois de esperar por quase meia hora, notando que João de Almeida não sairia daquela posição, na qual parecia estar predestinado a ficar até o fim dos tempos, murmurou:

— João de Almeida.

Não obteve resposta. João de Almeida estava por demais absorto, parecia alheio ao mundo, como um santo extático. Claudio hesitou por algum curto espaço de tempo antes de encostar o machado na quina da parede e caminhar até próximo de João de Almeida. Inclinou-se um pouco para frente e tocou de leve seu ombro esquerdo.

— João de Almeida.

O concunhado levantou a cabeça devagar, como se esta fosse um peso morto em cima de seu corpo, e encarou Claudio com os olhos vermelhos. Claudio recuou um passo, indeciso sobre sua próxima atitude.

— Você nunca vai entender — disse-lhe João de Almeida. — Nunca.

Ele então abriu os braços e jogou a cabeça para trás, num gesto dramático.

— Eu sou um merda, Claudio, um merda! — gritou, como se estivesse falando aos céus.

Claudio cogitou se aproximar de João de Almeida, mas desistiu. Coçou a cabeça e olhou para os lados, sem saber o que fazer. Pensou em ir embora. Chegou a dar as costas para João de Almeida, que, ainda de joelhos, lhe pediu:

— Não se vá, Claudio. Por favor, não se vá.

Claudio parou. Voltou-se para João de Almeida, que passou a chorar desesperadamente, feito criança pequena. Os soluços sacudiam seu corpo, e as lágrimas escorriam aos borbotões pelo seu rosto. Enquanto chorava, repetia sem parar:

— Eu sou um merda. Um merda.

Claudio olhou de esguelha para o machado, que, solitário e inútil, permanecia encostado na quina da parede. Num arroubo inesperado, João de Almeida se agarrou às pernas de Claudio e, fitando-o no fundo dos olhos, suplicou-lhe, quase que a meia-voz:

— Me chama de putinha e me dá um tapa na cara.

Claudio tentou se desvencilhar de João de Almeida, mas não conseguiu. Este apertou suas pernas ainda mais contra o peito, impedindo Claudio de se mover.

— Claudio, é só isso que eu te peço: me chama de putinha e me dá um tapa na cara.

João de Almeida fechou os olhos e ergueu o rosto, oferecendo-o para Claudio, que mordeu seu próprio lábio com raiva, como se tivesse de súbito se lembrado de por que estava ali, e ergueu alto o braço, com a palma da mão aberta. Mas não pôde desferir o golpe porque foi tomado por um repentino ataque de choro. Caiu de joelhos no chão em frente a João de Almeida e, segurando seu rosto com força entre as mãos, deu-lhe um beijo tão profundo que parecia querer matá-lo sufocado com sua língua. Assim agarrados, os dois homens não perceberam a entrada de um menino que, de cima de um rema-rema vermelho e branco, como a cor da mobília daquela sala, exclamou:

— Papai!?

Sua Lágrima de Amor

Escreve Suzana Flag

Capítulo 6
A verdadeira história de uma cidade

por Suzana Flag

A noite caía lá fora, trazendo um ar fresco, através da vidraça da vitrine quebrada, para dentro da loja, o que foi um alívio, uma redenção.

Os dois homens olharam para o menino.

O pai de Joãozinho se levantou do chão, atordoado, em lágrimas, mas sem dizer palavra alguma — não havia necessidade de dizer nada sobre aquela cena ao menininho sorridente, que andava no rema-rema novinho em folha.

Chegou perto do menino e se ajoelhou à sua frente.

— Você estava aí, seu levado? Me dá um abraço e um beijo.

O rosto do menininho era lindo e saudável. Não havia nele nenhuma marca, nenhum indício sequer. Era a inocência e a pureza, mesmo que fosse filho do pecado, mesmo que tivesse trazido desonra à mãe e vergonha a toda a família.

O menininho nada sabia disso e só sorria.

Já o pai sabia de tudo. Pegou-o no colo e, afagando-lhe os cabelos macios, saiu pela porta da rua, sob o olhar derrotado e humilhado do outro homem, ainda ajoelhado no chão e sob a vigilância dos curiosos que se aglomeravam na esquina da rua.

***

Carneiro chegou à redação do jornal mais cedo do que o costume.

— Ora viva, se não é o nosso pugilista de plantão! Em quem você vai descer a paulada hoje? — provocou o colega de redação.

— Não amola, Otávio, que hoje não estou para brincadeiras.

— Mau humor, é?! Já sei. A mulher com quem você saiu ontem à noite lhe deixou a ver navios porque você é casado?

— Não chegou nem perto... E isso lá é um obstáculo para mim? Elas não conseguem resistir quando digo que nunca vi beleza igual antes.

— Então por que essa cara e esse mau humor? É tudo resultado da esbórnia?

— Não estou de mau humor. Estou é pasmo. Sair da capital para encontrar um enredo desses numa cidadezinha como aquela... Os folhetins do jornal perdem...

— Você está falando de quê, camarada?

— Nada não. Acho que vou virar escritor. Mas, na certa, me acusariam de ser exagerado.

— Não estou entendendo nada. Você vai sair do jornal?!

— ...

— Fala!

— Você quer mesmo ouvir? Promete que não me interrompe até o final?

Quando menino, Claudio era considerado por todos meio idiota, um tanto abobado. Depois se tornou o poeta da cidade, e já houve quem disse que, embora as palavras fossem diferentes, o significado que todos lhe davam era exatamente o mesmo. Os pais, Arandir, dono de uma vendinha ordinária local, e Glória, dona de casa e esposa exemplar, fizeram de tudo, de tudo mesmo, mas o rapazinho só vivia suspirando pelos cantos, sempre com um livro na frente do nariz. Arandir e Glória tiveram também Branca, a caçula, sete anos mais nova do que Claudio. Acometida de alguma enfermidade não muito bem-explicada, Glória teve que ir para a capital antes de a barriga apontar até a menina nascer, morar com a irmã mais nova, Lídia, que durante esse período atendia seus clientes na casa de uma colega de profissão.

Branca sempre foi o xodó de Claudio, que, quando não estava mergulhado nos livros, vivia para cima e para baixo com a irmãzinha. Beijava-a a qualquer momento e sem motivo algum, mimava-a das mais diversas formas, carregava-a no colo, mesmo quando ela já estava crescidinha. Branca era a menina mais linda que aquela cidadezinha triste já tinha visto. Olhinhos brilhantes, bochechas rosadas, ar angelical, uma candura de criança. E Claudio fazia-lhe todas as vontades ao seu alcance. Chegava até a brigar com os próprios pais quando eles tentavam corrigir a menina, pretendendo lhe dar alguma responsabilidade e juízo.

Não que Branca fosse uma criança particularmente difícil, mas era um espírito livre, de personalidade forte e com ideias próprias desde cedo, o que na época e naquela cidadezinha de fim de mundo eram sinais de mau augúrio na certa.

Claudio apaixonou-se por Inês, filha de Maurício, que vinha de uma família abastada e era o boticário local, e Selma, que recebera educação primorosa, tocava piano e falava francês, embora as duas aptidões se revelassem bastante inúteis naquela cidadezinha. Como o rapaz não era bonito, não tinha posses nem nenhum encanto essencialmente masculino, por assim dizer, resolveu ler para a moça dos seus sonhos os poemas de que mais gostava — alguns de poetas consagrados; outros que ele mesmo tinha arriscado —, e, depois de alguns meses, Inês, linda, cheia de curvas e graça, braços roliços, a boca de um desenho perfeito, olhos vivos e suaves, a pele macia e branca, só alcançada em beleza pela própria irmã mais nova, para o espanto de toda a cidade, consentiu no namoro.

— Você não tem juízo, Inês? — perguntou-lhe a mãe. — Por quê? Ele é tão... sem graça. E não sabe fazer nada, e não tem dinheiro nem bens.

— Você não entende, mamãe?! Ele é um homem sensível, quase um menino, puro, poeta. E vai começar a dar aulas no Colégio São José, o diretor do colégio é amigo dos pais dele. E eu fico sem ar toda vez que ele faz um poema para mim. Já não posso mais viver sem ouvir as coisas lindas que ele me diz. E tenho aprendido tanto... Sei poemas inteiros de cor.

— E para que serve saber poemas inteiros de cor?

— Para... Ah, não sei... Mas eu estou tão feliz, mamãe! Isso não é importante para você?!

— Você é muito criança ainda para saber o que é felicidade de verdade. Abra os olhos, Inês. Esse rapaz não vai lhe dar nada do que você precisa!

Hilda, irmã de Inês, por sua vez, ouvia a conversa entre as duas, fingindo ler uma revista, e suspirava também. Quem sabe a irmã não desistia de se casar mesmo?!

Não se passou muito tempo e o escândalo na cidade foi ainda maior: Claudio e Inês ficaram noivos, com casamento marcado para o fim do ano. O comentário geral era que Inês fora mais longe do que devia; que, entre um poema e outro, a tentação falara mais alto. As moças da cidade faziam coro com a maldade, ou então acreditavam que Inês estava mesmo louca, tomada por algum espírito maligno e travesso. Os rapazes invejavam Claudio, e alguns chegaram até a comprar livros de poesia na única e empoeirada livraria da cidade, que permaneceram fechados em cima das mesinhas de cabeceira ou viraram presente para avós ou tias solteironas.

Mas... Aconteceu o que ninguém esperava, ou melhor, o que todos esperavam. Numa tarde ensolarada e fria, desceu na pequena rodoviária local, que quase não registrava movimento algum naquela hora ou em qualquer outra, usando um terno claro, bege, uma gravata vermelha, que era sua marca registrada, e as polainas sobre os sapatos que o distinguiam, João de Almeida, comerciante muito rico da capital. Viera, com uma considerável quantia que lhe tinha sido dada pelo próprio pai, abrir uma loja de roupas íntimas na cidade. Tinha o cabelo sempre muito bem-penteado, cheio de brilhantina, e empoava o rosto para disfarçar um certo tom mais acentuado, que lhe dava um charme especial, mas que às vezes também lhe trazia algumas restrições. Tinha um sorriso charmoso, encantador, que enfeitava seus lábios, cobertos por um bigodinho estreito, bem-aparado, e se desdobrava sempre em gentilezas para agradar a todos, homens e mulheres, velhos e novos. Logo virou uma unanimidade na cidadezinha triste que, no entanto, esconjurava a loja de roupas íntimas e se perguntava o que ele teria ido fazer de verdade naquele fim de mundo. Na certa fugia de algum marido ciumento. João de Almeida ouvia os comentários sobre o casamento de Claudio e Inês impassível, pensando com seus botões o que aquelas leva e traz de plantão diriam a seu respeito. Se elas soubessem...

Numa tarde, já em meados de setembro, entrou na farmácia de Maurício e Selma, pais de Inês e Hilda. Estava já pagando as poucas compras que fizera — talco, perfume e brilhantina — quando surgiram, vindas de casa contígua, as duas filhas do casal.

— Mamãe, Inês não quer me emprestar aquele vestido rosa com poás brancos!

— Vai ficar muito grande para ela, mamãe.

— A gente dá um jeitinho, Inês. Faz umas pences aqui e ali. Mas agora vão lá para dentro. Não fiquem aqui, perturbando os clientes.

João de Almeida olhava fascinado para as duas mocinhas.

— A única perturbação que elas nos causam, minha senhora, é porque é muito difícil voltar à vida real depois de vislumbrar tamanha beleza de sonho.

Hilda cobriu a boca com a mão, tentando controlar um risinho nervoso.

— Permitam que eu me apresente — disse, estendendo a mão para Inês. — João de Almeida, mais do que encantado.

Inês, meio sem graça, retribuiu o cumprimento do rapaz.

— Eu sou a Inês e essa é a minha irmã, Hilda — novo risinho nervoso da mocinha —, muito prazer também.

— Vocês não estão entendendo. Eu não disse isso apenas como regra de etiqueta. Não... Venho da capital, e posso dizer com toda a certeza que vocês são as moças mais lindas que conheci em toda a minha vida. E você, Inês, se vivesse na capital, certamente seria convidada para fazer cinema.

Selma estremeceu. Que petulância, a daquele sujeito! Flertar com a filha bem na sua frente.

— Mas Inês não está interessada em fazer cinema, meu senhor. Ela vai se casar em dezembro — nem mesmo ela entendeu aquela defesa apaixonada de um casamento com o qual não concordava. Selma não sabia ao certo o quê, mas alguma coisa naquele sujeito não lhe cheirava bem... Tantos elogios, tanta elegância...

— É mesmo?! Que coisa! Não que eu queira dizer que isso não seja possível, absolutamente. Com toda a certeza deve haver inúmeros pretendentes para a senhorita, mas... é uma pena...

— Não, não é uma pena — disse Selma. — Minha filha vai se casar em breve com Claudio, um rapaz decente, cujos pais são nossos amigos há anos. Fazemos muito gosto nesse casamento. Eles vão formar uma linda família.

Foi a vez de Inês e Hilda olharem para a mãe perplexas.

Selma teve que fazer um grande esforço para dizer aquilo. Claudio era muito esquisito e, por Deus, como ele iria sustentar uma família dando aulas de literatura no colégio? Nunca ouvira falar de algum aluno que tenha precisado de aulas de reforço em literatura, o que acabava com a possibilidade de um ganho extra, algo necessário para os vestidos e sapatos novos frequentes, a que suas filhas estavam acostumadas. Claudio só sabia ler poesia e perambular pela cidade com a cabeça nas nuvens, e mimar a irmãzinha, que era mesmo uma graça de menina, a melhor parte dessa história toda! Tentou dissuadir a filha, ah, como tentou! Mas teve que ficar em silêncio quando Claudio e Inês reuniram as famílias para contar que queriam se casar. Porque Selma devia a própria vida a Arandir e Glória...

Ao ouvir o nome Claudio, João de Almeida imediatamente se lembrou dos comentários da cidade inteira sobre o casamento. O poeta aparvalhado e a beldade local. Que interessante! Ela era mesmo espetacular: cintura fina, quadris largos, pele muito branca, boca carnuda, cabelos cor de mel. Provocaria os mais intensos sentimentos em qualquer homem em seu juízo perfeito. E João de Almeida, que viera se estabelecer naquele cafundó do judas, mas odiava aquelas mulheres na janela falando mal de tudo e de todos e aqueles homens hipócritas, pregando a moral e os bons costumes, ainda quentes da cama de suas amantes, quis conhecer Claudio mais do que nunca.

No dia seguinte, depois de ficar horas na vitrine, despindo e vestindo os manequins de uma forma extremamente voluptuosa, se divertindo com as senhoras que passavam pela loja pela décima quinta vez (por que elas se contentavam com aquele *frisson* íntimo e não procuravam diversão verdadeira, como seus maridos faziam?), foi, ao cair da noite, até o botequim do português, tomar uma bebida barata qualquer. Aproximou-se do balcão, pediu uma aguardente e foi logo perguntando:

— O Claudio, o poeta que está noivo, costuma vir tomar umas e outras aqui?

— O Claudinho?!! — perguntou o português já com um sorriso nos lábios. — Vejam só o que este aqui está a dizer!

Os fregueses no balcão começaram a rir.

— O gajo não bebe.

— Não bebe?!

— Nem joga — completou o português.

— Nem frequenta a pensão das meninas — disse um homem todo barbado e suado, apesar de não estar calor, com olhos arregalados que brilharam quando ele se lembrou do que havia na pensão.

"Um poeta casto, algo mais interessante ainda", pensou João de Almeida, por um segundo distraído pelo estado deplorável daquele homem lascivo. Sentia um certo asco olhando para aquele rosto. Logo ele, sempre tão limpo e elegante. O que viera fazer nesta cidade, meu Deus?!

— Onde posso encontrá-lo?

— A esta hora? Deve estar na praça, deitado num dos bancos, olhando para o céu, a contar as estrelas, o pobre.

Pagou a bebida e saiu de lá o mais rápido possível. Dirigiu-se até a praça, tirando o chapéu para as poucas senhoras que encontrou no caminho e sorrindo da maneira mais cativante de que era capaz. Logo o avistou num dos bancos. Claudio não estava deitado. Estava sentado e escrevia com ardor num pequeno caderno apoiado em suas coxas magras e fortes. O rosto muito jovem, mal-iluminado, era quase imberbe, mas com um maxilar largo, viril, a boca bem-desenhada, o nariz ligeiramente aquilino, olhos doces, sobrancelhas perfeitas. O cabelo, mais comprido do que a moda atual ditava, estava desalinhado, fruto talvez de tantos pensamentos e versos. O quadro era impactante. Ele estava certo: aquela cidade não sabia de nada...

— Você está escrevendo? No escuro?! — abordou-o.

— Ah, já estou acostumado. Sempre escrevo aqui a esta hora — respondeu Claudio, com um sorriso infantil, mas maravilhoso.

— João de Almeida, dono da loja de roupas íntimas da rua principal — disse estendendo a mão para o rapaz.

— Claudio Andrade... Já ouvi falarem poucas e boas sobre a sua loja.

— Estou a par disso. Esta é uma cidade pequena. As pessoas não estão acostumadas com o que é moderno. Mas o que *você* acha da minha loja?

— Para lhe ser sincero, ainda não reparei direito.

— Imaginei... Você tem outros interesses, naturalmente — disse João de Almeida, olhando para o livro na mão de Claudio.

Os dois continuaram conversando, Claudio dizendo que "não, não era que não tivesse interesse na loja de João, simplesmente era sempre muito, muito distraído" e João respondendo "que o fato de ele ter outros interesses na vida era algo muito, muito bom". Claudio sorriu e acabou concordando que pensava em tantas coisas ao mesmo tempo que não poderia se importar muito com o que a cidade falava sobre a loja nem sobre ele mesmo. João sorriu também, percorrendo com olhos inquietos o rosto do poeta, e explicou a Claudio a sua aversão por aquela vocação para o disse me disse que todas as cidades pequenas tinham.

— Por que veio para cá então?

O rosto de João ficou lívido, mas ele se recuperou logo.

— É uma história longa. Um dia eu lhe conto. Quer dizer que você adora poesia?! Posso ler alguns dos seus poemas?

— Eu não... Eu não... Eu... — Claudio estava vermelho, como se lhe houvessem descoberto o maior e mais infame de todos os segredos.

— ...

— Como é que você sabe que eu escrevo poemas?

— Ora, me pareceu lógico que... — no meio do caminho, João desistiu da lógica e resolveu ganhar uns pontos com o rapaz. — Pelo seu olhar. Você olha para o mundo com uma extrema sensibilidade. Dá para ver que fazer poemas é uma necessidade para alguém tão sensível como você.

Claudio sorriu entre constrangido e feliz. Pela primeira vez na vida se sentiu, de fato, olhado e visto. Aquele homem à sua frente talvez fosse o amigo com o qual sempre sonhara.

Seguiram-se horas a fio de uma conversa amigável e entusiasmada. Claudio falou dos livros de poesia de que mais gostava, da irmãzinha Branca, uma menina maravilhosa, da paixão arrebatadora por Inês e do casamento que se aproximava. João falou sobre a capital e todo o seu esplendor, sobre os poetas famosos que frequentavam as mesmas rodas que ele, sobre as noites intermináveis de recitais. Mas, mais do que tudo, ouviu.

Marcaram de se encontrar ali mesmo, no dia seguinte. E no outro, e no outro, e no outro. Passadas duas semanas, a cidade inteira, claro, já comentava sobre a estranha amizade entre o poeta e o almofadinha, comerciante de roupas íntimas, que ficavam até de madrugada conversando na praça. Foi então que João decidiu lançar sua sorte.

— E então, casamento marcado... Daqui a pouco não dá mais para desistir!...

Claudio olhou para o amigo recente com uma expressão de quem não tinha entendido nada.

— Quero dizer... Está chegando a hora! Daqui a pouco só fugindo para uma outra cidade...

— Mas... por que eu fugiria?...

— Para não se casar, ora.

— Por quê?! Se me casar com Inês é tudo com que sempre sonhei?

João respirou profundamente como se estivesse diante de uma criancinha mimada à qual tinha que educar.

— Porque... Bom, talvez você não saiba, mas o casamento é algo muito difícil, muito complicado. Em poucas palavras: são apenas alguns meses de total felicidade. Depois... Que Deus lhe ajude!

— O que você quer dizer com isso?

— Que, em poucos meses, as mulheres, antes tão doces e tão lindas, começam a se transformar. Ficam ranzinzas, mal-humoradas, tudo o que diziam gostar em nós passa a lhes dar nos nervos, querem que sejamos muito diferentes do que sempre fomos, não nos dão nenhum espaço para... para... respirar. E quando chegam os filhos então? Além de tudo isso, elas começam a se descuidar da aparência também. O casamento exige muita coragem de um homem comum, que dirá de um poeta como você.

Claudio olhava para João de Almeida com olhos inexperientes, mas firmes. João pensava consigo mesmo que não seria assim tão fácil quanto imaginara.

— Você certamente teve uma experiência ruim. Foi por isso que veio para esta cidade?... Não... não precisa responder. Quando estiver preparado para me contar a história, serei todo ouvidos. Mas Inês não é como as outras mulheres.

— Todas são diferentes no começo — respondeu João, decidido a quebrar aquela firmeza estoica. — Ou, pelo menos, nós achamos que elas são.

— É que você não conhece a Inês. Que anjo! Que companheira maravilhosa! Fica horas com a cabeça no meu colo a ouvir os poemas que leio para ela. Depois sempre faz um ou dois comentários muito inteligentes. Já cheguei até a mudar um verso por conta do que ela me disse.

— Espere até estar casado há seis meses ou no máximo até a primeira semana do primogênito. Vai mandar você e os seus poemas às favas!

— Qual! Ela é a própria doçura personificada.

— Vai se tornar rapidamente a raiva petrificada... — parafraseou-o João de Almeida, já consciente de que teria que seguir por um outro caminho. — Enfim, meu amigo, lamento lhe dizer, com a sabedoria que a experiência me deu, que as mulheres, infelizmente, não são para homens como você e eu.

— Você é ainda muito jovem, João. Não me venha com esse tom de velho sábio — disse Claudio, sorrindo — que você não é nem velho nem sábio, pelo que posso ver. A mulher certa, obviamente, é a nossa outra metade perdida. Você apenas não a encontrou ainda.

— Mas os gregos já nos ensinaram também que um nobre amante da beleza se engaja no amor onde quer que veja excelência e dotes naturais esplêndidos.

— Pois então.

— Impossível haver excelência nas mulheres — disse João muito sério.

— Nossa! Não sei o que essa mulher lhe fez, mas deve realmente ter sido algo terrível, meu caro — respondeu Claudio, com uma certa ternura no olhar pelas desventuras daquele homem à sua frente.

— Nunca houve mulher nenhuma na minha vida.

— Não se preocupe com isso. Não é preciso ter pressa nem se relacionar com várias mulheres sem vontade. Eu sou a prova disso. Quando você conhecer o amor...

— Só homens.

— ...

— Eu só consigo me apaixonar mesmo por homens.

— ...

Alguns minutos se passaram. Uma coruja soltou um pio. Os três eram os únicos animais acordados àquela hora na cidade.

— Você não vai dizer nada?!

— Eu... Eu...

— Pensei que você fosse diferente de todos aqui. Um poeta, ilustrado...

— Eu... Eu...

— Você está escandalizado? — perguntou João, com medo de ter sido explícito demais.

— Não... É que eu... Eu nunca... Eu nunca conheci um...

— Um homem que ama outros homens?! Bem se vê que esta cidadezinha é o fim do mundo. Mas, acredite em mim, tem uns três ou quatro aqui à espera de uma oportunidade.

— Sério?!

Mas Claudio não perguntou quem eram, e João de Almeida viu ainda mais excelência nele.

— Acho que podemos continuar amigos, não? — desafiou o comerciante para saber até onde poderia ir.

— Claro, claro. Faço muito gosto na nossa amizade — Claudio conseguiu dizer sem gaguejar.

— Eu também — respondeu João e colocou a mão na perna do rapaz.

— ...

— Faço muito gosto na nossa amizade. E vou lhe dizer mais: faço muito gosto se você quiser ser mais do que meu amigo.

— ...

— Desde que cheguei aqui ouvi falar de você por toda parte e posso lhe assegurar que não escutei nada de bom, nada de minimamente lisonjeiro — Claudio abaixou os olhos, como se tivesse alguma culpa nisso, enquanto João de Almeida continuava: — Fiquei muito curioso. Se esta cidadezinha não gosta de alguém, deve haver algo de bom nessa pessoa. Dito e feito.

— Eu... Eu não sei o que dizer.

— ...

— Juro... Não sei o que lhe dizer.

— Depois dessas semanas de convivência, não tenho mais dúvidas: estou apaixonado por você. Você é um ser de outro mundo, que irradia beleza e sensibilidade neste nosso mundinho perverso. A verdadeira excelência, cheio de dotes naturais também — João deu um sorrisinho.

— Fico lisonjeado...

— Me dá um beijo!

— O quê?!

— Me dá um beijo — repetiu João e aproximou o rosto do de Claudio, e com uma das mãos o virou na sua direção, e com a outra mão apertou um pouco mais a perna do poeta.

O que aconteceu então foi o seguinte: uma cena canhestra, um beijo maldado, quase nem dado — Claudio deu um pulo do banco da praça em que os dois estavam sentados e o beijo resvalou em sua orelha —, mas rechaçado com ímpeto.

— Mas... O que é isso?! O que você está pensando?

— Só quero um beijo... Um beijo apenas.

— Você está louco?! Eu sou homem e estou noivo. Me caso daqui a dois meses.

— Eu também sou homem. E um dos mais elegantes. As mulheres se sentem atraídas por mim, me olham com cobiça, mas escolhi o melhor amor que pode haver para um homem: o de outro homem. Não me arrependo. Você também não vai se arrepender. Eu sou rico. Tenho dinheiro suficiente para comprar toda esta cidadezinha, se eu quiser. Posso lhe dar tudo o que você merece, vai ter tempo de sobra para ser o grande poeta que pode ser. Já se casando com essa tal de Inês, o seu destino estará traçado: professorzinho de escola, lutando para conseguir colocar comida na mesa, e ela sempre insatisfeita.

— Você é completamente louco! Eu gosto... Eu gostava de conversar com você. Eu nunca... Nunca pensei em...

Nesse momento, Claudio, por um movimento involuntário da boca, fez um esgar de nojo e desprezo. João arregalou os olhos e neles uma faísca de raivas passadas cintilou com a intensidade de um raio. Agarrou o outro pelo colarinho, aproximando o rosto dele do seu, dessa vez sem nenhum carinho ou outra intenção qualquer.

— Você acha mesmo que é mais homem do que eu? Que é melhor que eu? Seu... Seu... poetazinho de araque!

— Não... Claro que não.

— Eu quebro a sua cara agora mesmo. Num piscar de olhos. Quer ver só?!... Você tem nojo de mim, é isso?! Você é igual a todo mundo nesta cidade dos infernos!

— Não... Eu não tenho nojo de você. De jeito nenhum.

— Você só está dizendo isso porque está com medo. Está vendo que sou forte, que posso lhe partir a cara sem muito esforço.

— Não... É verdade, eu juro por tudo o que é mais sagrado, pela Virgem Maria.

— Um poeta católico. Era só o que me faltava — e João de Almeida aproximou a boca com raiva da boca de Claudio, que virou o rosto com força para evitar o contato. — Você é como qualquer homenzinho ordinário por aí: não se permite nem um beijo porque tem medo de não resistir depois disso — concluiu, falando entredentes, num misto de sedução e ameaça.

— Não... Eu amo a Inês e vou me casar com ela, é só isso.

— Então case-se com ela, mas fique comigo também. Temos muito em comum, não temos? As horas passam quando estamos juntos e nem percebemos — disse João, afrouxando o puxão no colarinho de Claudio.

E viu, no fundo dos olhos do rapaz, o brilho da dúvida, de uma certa perplexidade diante daquela verdade dos fatos: sim, era possível ser casado e ter outro relacionamento, vários homens e mulheres faziam isso, e sim, o tempo voava quando estava com João.

O comerciante percebeu a brecha na resistência do poeta, afrouxou uma das mãos do colarinho do rapaz, esticou um dedo e acariciou de leve aquele rosto imberbe.

— Não... — Claudio deu um salto e o outro imediatamente o segurou com firmeza. — Eu amo a Inês e vou me casar com ela. E não quero mais ninguém. Não quero nenhuma outra mulher nem um... nem um... — parou sem saber que palavra usar (algo que é mortal para um poeta).

— Nem um o quê?

— ...

— Fala!

— Nem... Nem um invertido como você.

Se Claudio tivesse dito qualquer outra palavra, mesmo mais ofensiva, ou de deboche, o estrago não teria sido tão grande. João de Almeida detestava a que ele usara, invertido, e ouvi-la foi o suficiente para que uma raiva surda e incontrolável aflorasse em todo o seu corpo. Deu um murro seco no rosto imberbe do poeta e depois outro. Dentro do silêncio da noite ouviam-se apenas a respiração acelerada de João e o gemido fraco de Claudio.

— Seu covarde — xingou João, com um sorriso sarcástico. — Apanhando de um... de um... invertido.

O rapaz se contorcia no chão. Ao vê-lo estirado ali, chorando por causa daqueles murrinhos de nada, João impressionou-se com a juventude dele, quase um garoto ainda.

— E lhe digo uma coisa. Você acha que a sua boca está doendo, é? Você ainda não viu nada. Vou lhe mostrar daqui para a frente o que é dor de verdade. Escuta o que estou lhe falando: você vai aprender comigo o que é dor de verdade. Eu vou tirar tudo de você. Tudo! Entendeu?!

A coruja piou de novo.

João de Almeida saiu dali, suando, o talco estriado nas têmporas por causa do suor, o cabelo mais enrolado do que nunca, o paletó amarfanhado.

Claudio se contorceu por mais meia hora, talvez uma, levantou-se e foi cambaleando para casa, pedir colo e curativos à mãe, Glória. Claudio contou a todos que um homem bêbado implicou com ele sem motivo algum. O pai, Arandir, alegrou-se secretamente com o acontecido, mesmo que a explicação não tenha sido nem um pouco convincente — era a primeira coisa de homem mesmo que o filho fazia, voltar para casa com a cara partida por causa de uma briga, quem sabe não estava entrando nos eixos? —, e a mãe o proibiu, de agora em diante, de ir ler na praça. A irmãzinha Branca se deitou com ele na cama, apesar das reprimendas de Glória, cantando baixinho e fazendo carinho na cabeça do poeta para diminuir a dor. Inês achou que ele tinha ficado charmoso com as marcas dos socos. E até Hilda lhe disse que se ele quisesse voltar a ler na praça novamente, ela iria com ele para protegê-lo.

Mas o que se seguiu foi uma tragédia ainda sem fim. Em algumas semanas, Inês estava mudada, não tinha mais paciência para os poemas de Claudio e olhava-se em todos os espelhos por onde passava, certificando-se da sua beleza sem igual. Chegava mesmo a apalpar o próprio corpo, discretamente, braços, seios, até as nádegas, e Claudio, sempre atento aos detalhes, não deixou de notar esses gestos incongruentes. Uma noite, ao levá-la até o portão de casa e dar-lhe um beijo casto nos lábios, Claudio sentiu que Inês pegava uma de suas mãos e a colocava sobre o próprio seio palpitante. Claudio assustou-se e repreendeu a noiva. O casamento estava tão perto... Ela queria experimentar o toque dele em seu corpo, argumentou Inês, saber que sensações teria. Mas o noivo, respeitoso, adepto de um amor platônico acima de tudo, não cedeu.

Duas semanas antes da data marcada, ao anoitecer de um dia já bem quente, anunciando o verão que se aproximava, Maurício e Selma entraram na casa de Arandir e Glória. Estavam constrangidos, cumpriam a difícil missão de dizer a Claudio e a seus pais que Inês chorava e não comia há três dias, implorando para não se casar com o poeta. Claudio ficou lívido, entrou em choque, não conseguiu dizer palavra (nem a certa nem a errada). Arandir e Glória objetaram dizendo que a menina estava assustada com a aproximação do grande dia. E Maurício e Selma tiveram que admitir: a filha estava apaixonada por outro homem.

Ao ouvir isso, Claudio saiu correndo porta afora, em direção à casa de Inês. Ao chegar lá, não quis acreditar no que seus olhos viam: Inês estava no portão, abraçada a... João de Almeida, como sempre todo elegante. As lágrimas começaram a escorrer pelo rosto do poeta. Aproximou-se do casal, que só então percebeu a sua presença. Inês andou na direção do ex-noivo com uma certa pena do moço. João de Almeida, mais atrás, sorria o mesmo sorriso sarcástico daquela noite fatídica. A moça, olhando para o chão, resumiu de maneira muito simples o término do noivado:

— Ah, Claudio... Você não vai entender... Me desculpe. Mas é que o João é muito mais... muito mais... homem que você. Me desculpe.

Claudio passou três dias e três noites sentado na porta da igreja onde seria o seu casamento, chorando. Nem Branca conseguiu acalmá-lo e nada do que ela disse ou fez o tirou dali. Estava maltrapilho, sujo, cansado, a caspa se acumulando nos ombros, tinha envelhecido uns dez anos. Os habitantes da cidade se revezavam na plateia da tragédia. No terceiro dia, Arandir foi até a igreja, disposto a dar um fim naquele espetáculo. Pegou o filho nos braços e o levou para casa. Toda a gente comentava. E de fato ninguém recriminava Inês pelo que havia acontecido. Afinal uma moça daquelas precisava mesmo de um homem de braço forte e bem-apessoado como João de Almeida a seu lado. No fim de fevereiro, depois que o assunto deixou de ser novidade, o comerciante e a beldade local se casaram na mesma igrejinha onde a moça se casaria com o poeta.

Aos poucos, Claudio voltou a sua rotina, aulas, livros e Branca. Mas algo dentro dele havia mudado. Ficara mais pudico, mais moralista, mais rígido. Além da poesia, a religião agora era para ele um conforto, algo que lhe dava a confiança (embora não inabalável) de ter agido certo naquela noite. Rezava muito, todos os dias, tanto em casa como na igreja, numa espécie de ritual ascético, que o purgasse daquele passado infeliz. Ele, que nunca tinha cuidado muito da própria aparência, agora estava um pouco pior, ainda mais desleixado, e deixava até de tomar banho por vários dias, a caspa ficando cada vez evidente.

Mesmo com Branca, estava mais preocupado e vigilante, reprimindo com veemência as ideias libertárias da menina, que lhe dizia com frequência que esquecesse o que tinha acontecido, que ninguém devia ser de ninguém, que o amor era para todos e livre, que o casamento era o mausoléu dos sentimentos. De onde a menina tirara esses pensamentos tão contrários à vida em si naquela cidadezinha, Claudio não podia imaginar. A irmã até lhe sugeriu uma visita à pensão das meninas, para que ele voltasse a sorrir e a se sentir bem consigo mesmo. Claudio ficou enfurecido (como é que ela sabia da existência de um lugar como aquele?!, como é que ela sabia como alguém se sentia depois... depois do êxtase corpóreo?!) e quis deixá-la de castigo no quarto, mas, pela primeira vez, Branca o olhou com um certo desdém e o desafiou: "Você não é meu pai, Claudio."

Os dois irmãos se afastaram um do outro, Claudio sempre no colégio, ou na igreja, Branca sabe-se lá por onde. E nada mais de beijos, abraços, colos e mimos que a irmã já era uma mocinha também e isso não pegava nada bem. Foi nessa época que Branca pediu aos pais para largar o colégio de freiras onde estudava por conta da generosidade da madrinha, Selma, mãe de Inês e Hilda. Na época em que Glória esperava a filha e teve que ir para a capital, a mãe de Selma, que também morava lá, ficou gravemente doente, à beira da morte, e Selma visitava Glória quase diariamente para se distrair um pouco da rotina dos cuidados com a própria mãe e para encorajar a amiga e mimá-la com compotas, bolos e biscoitos, para que ficasse forte e bem-disposta. Voltara à cidade dois meses depois de Glória voltar com a filha recém-nascida nos braços. E Glória lhe deu a menina para batizar na velha igrejinha.

Foi nessa época de afastamento que Claudio começou a perceber que Branca, sua irmã querida, era mundana demais. Ela era um ser inferior, fazer o quê?!, diante da sua superioridade intelectual e espiritual. Talvez estivesse mesmo neste mundo apenas para salvá-la. Diante disso, sempre que podia, e quando conseguia, levava a irmã à igreja, e todas as noites lia poemas religiosos para ela e também os evangelhos. Branca achava tudo aquilo muito enfadonho, mas decidira suportar as leituras e as missas para ficar perto do irmão e vigiar a sua loucura de perto. Algo lhe dizia que ela estava neste mundo também para salvá-lo.

Uma tarde, depois das aulas, o sol ainda alto, Claudio foi até a igreja rezar. Fazia exatamente um mês do casamento de Inês e João de Almeida. Ainda ajoelhado e de olhos fechados percebeu uma presença, sentada no banco atrás de si. Abriu os olhos e olhou rápido para trás. Inês?! Não, Hilda, irmã mais nova da mulher que ainda amava desesperadamente. Não a via desde que se escondera atrás de uma árvore na frente da igreja para ver Inês passar, linda, toda vestida de branco, no dia do casamento. Pela primeira vez, percebeu a incrível semelhança entre elas, que a cidadezinha comentava desde que eram menininhas.

— Como vai, Claudio? — perguntou a moça, até a voz era mesmo muito parecida.

— Bem... E... você? Veio... rezar também? — gaguejou o poeta, atordoado.

— Não, vim falar com você.

— Comigo?! Sobre o quê?...

— Sobre... Isto.

A moça pegou-o desprevenido e aplicou-lhe um beijo, um beijo doce, quente, demorado na boca. Claudio, estranhamente, não reagiu. Quando Hilda terminou, afastou-se do rapaz e olhou-o, com uma expressão divertida e tímida no rosto.

— E então, gostou?

Só então Claudio abriu os olhos.

— O quê?...

— Gostou do meu beijo?

Só então o poeta recuperou a razão.

— Você está maluca? Que história é essa de beijo?! E ainda por cima aqui, na igreja?! — disse ajeitando o paletó puído com as mãos, como se assim o alisasse e o deixasse um pouco mais apresentável. Por alguns segundos, lembrou-se de tudo que lhe acontecera depois que recusara a alguém um simples beijo. Depois desse que Hilda lhe dera, assim tão impulsivo, provocador e inocente ao mesmo tempo, como se não estivesse mesmo fazendo nada de mais, lhe pareceu até que arriscara a própria felicidade por bem pouco.

— Aqui é melhor, fica sempre vazio. Só você vem aqui a essa hora.

— Que história é essa, menina?! Vai para casa brincar, vai. Me deixe em paz que tenho mais o que fazer — respondeu Claudio, perplexo.

— Brincar?! Você é mesmo aparvalhado, como todo mundo diz. Não vê que eu já não brinco mais há muito tempo.

Claudio observou-a em silêncio por um instante. Era verdade. Hilda era uma moça crescida, tinha encorpado, embora ainda fosse um tanto magricela, mas os braços estavam mais vistosos e os seios despontavam sobre o vestido. Claudio desviou os olhos para o rosto de Hilda e a comoção daquela semelhança absurda com Inês o perturbou ainda mais.

— Então vá para onde você quiser. Só me deixe em paz — disse o rapaz, quase choramingando.

— Você vai ficar nesse abatimento para sempre? — perguntou Hilda, com um sorriso encantador. — Olhe que a vida passa muito rápido!

— Quem é você para saber que a vida passa rápido?! A sua ainda nem começou de verdade, menina.

— E a sua também não. Você está me esperando, tenho certeza — disse Hilda, com graça.

— O quê?!

— É... Vamos conhecer a vida juntos... Se é que você me entende...

— Não sei do que você está falando — mentiu Claudio, tentando desviar os olhos dela.

— Sabe, sim. Minha irmã sempre me contou tudo. Falava que você era muito tímido, que não adiantava nada ela tentar ir um pouco além que você sempre recuava.

— Mas... O quê...? Eu não vou ficar conversando sobre essas coisas com você — disse Claudio, querendo um ponto final naquela história.

— Tem razão. Vamos parar de falar — disse e forçou novamente o beijo, colando os lábios nos dele, num capricho ousado e perverso.

Claudio acabou se deixando beijar, confuso e incapaz de reagir.

Nesse momento, o pároco da igrejinha vinha pela nave e surpreendeu o casal no meio daquele segundo beijo roubado. Perguntou, com voz de barítono, se os dois poderiam lhe explicar o que estava acontecendo ali, na casa do Senhor. O que ocorreu então foi digno de um roteiro de cinema: Hilda deu um salto, com uma das mãos à boca, e começou a chorar (em pouco minutos havia até lágrimas nos seus olhos). Disse que Claudio estava tentando convencê-la a ir até o fim, mas que ela não queria ceder. Porém pediu ao padre para se confessar naquele momento porque achava que já tinha ido longe demais. O rapaz, ainda sentado, olhava para o pároco e para aquela moça, quase menina, com quem tinha convivido nos últimos tempos como se fosse ele mesmo o seu irmão mais velho, atônito, sem conseguir dizer nada (para um poeta, ele não estava lá muito bom com as palavras).

O pároco recriminou-o vivamente e levou a mocinha para o confessionário. E Claudio sentado. Calado e expectante, sem entender direito o que se passava. Dali a alguns instantes, surgiu o pároco como um doido, puxando Hilda pela mão:

— Levante-se imediatamente, senhor Claudio. Vamos à casa desta jovem agora mesmo — disse, em tom de ameaça.

Claudio, obedecendo não sabia exatamente a que ordem interior, levantou-se e seguiu os dois. Hilda, puxada pela mão, virou-se para trás na porta da igreja, piscou um olho para Claudio e lhe deu um sorriso zombeteiro. Em poucos minutos, os três entravam pela sala de Maurício e Selma, que, surpresos, ouviram o relato do pároco, que recomendou aos dois que o casamento se realizasse o mais breve possível e que a vigilância aos noivos fosse severa até que o sacramento se consumasse.

— Noivos? — Claudio conseguiu enfim perguntar.

— Noivos, claro, ou o senhor está pensando em não assumir a responsabilidade que lhe cabe? — inquiriu o pároco.

— Eu... Eu não...

Hilda começou a chorar, olhando para o chão, como uma boa moça envergonhada de seus próprios atos.

— Minha filha, que vergonha! Nessa correria toda, a cidade inteira vai falar de você — desesperava-se Selma, antevendo os comentários e a maledicência.

— Não me importo, mamãe, contanto que Deus me perdoe.

Claudio olhava alternadamente para cada um dos presentes, sem saber ao certo o que realmente estava acontecendo. Apesar dos conselhos do pároco, alguns minutos depois, Claudio e Hilda ficaram sozinhos na sala (Selma foi para a cozinha chorando, menos pelo que a filha fizera e mais porque ainda nem tinha se recuperado do casamento de Inês e já era a vez de Hilda. E o que ela faria sem as suas duas meninas naquela casa enorme? Maurício foi atrás dela, tentando consolá-la, e o pároco seguiu o casal, cobrando providências enérgicas e imediatas).

— Eu... Eu não estou entendendo — disse Claudio, fazendo um esforço para compreender. — Eles querem que nós nos casemos? Por quê?!

— Por causa de tudo que já aconteceu entre nós.

— Os dois beijos?!

— Hum... Acho que aconteceu um pouco mais que isso — disse Hilda, sorrindo.

— ...

— Eu sempre quis ter você para mim, Claudio.

Foram essas palavras que fizeram o rapaz continuar naquele estado de letargia, sendo arrastado pelos acontecimentos sem discutir, negar ou dizer absolutamente nada. Hilda o queria, não se importava que estivesse meio sujo, maltrapilho, que tivesse caspa, que não tivesse dinheiro ou bens, que gostasse de ler poesia. Alguém o queria. Era tudo o que ele precisava naquele momento. E Hilda era...

quase Inês. O pároco e os pais da moça voltaram logo em seguida e já encontraram Claudio esboçando o comecinho de um sorriso, meio doloroso a princípio. Vinham com todos os detalhes acertados: o casamento seria dali a duas semanas, Claudio e Hilda haviam se aproximado e apaixonado depois que Inês resolvera não mais se casar com ele, e sim com João de Almeida, e, para justificar a pressa, diriam a todos que Claudio seria transferido para um colégio da capital logo em seguida. Selma sabia que não havia jeito, que aquela cidadezinha de fim de mundo falaria pelos cotovelos com a novidade e que nenhuma transferência justificava tamanha correria. Mas fazer o quê?! O pároco pediu a todos discrição e rédeas curtas aos noivos.

No entanto, logo depois de sair da casa de Maurício e Selma, ele mesmo começou a espalhar a novidade, indo jantar na casa de dona Matilde, que se encarregou do resto. No dia seguinte, o falatório, o disse me disse, as pilhérias e insinuações corriam por toda parte. O comentário geral era que Claudio resolvera se vingar de Inês, desonrando-lhe a irmã mais nova. Mas nem Claudio nem Hilda se importaram com tudo que estava sendo dito. Maurício e Selma e Arandir e Glória conversaram e acabaram experimentando uma certa alegria com aquela união. Afinal eram amigos de longa data, Selma madrinha de Branca.

Hilda estava exultante. Claudio, meio aparvalhado como sempre. Inês quis conversar com a irmã, pedir a ela que esperasse um pouco mais, dizer que Claudio não gostava dela, que o conhecesse melhor. Ela agora podia falar com conhecimento de causa, um homem precisa de qualidades indispensáveis... precisa de algo mais do que palavras bonitas. Hilda objetou, disse que Inês estava era com ciúmes. No dia da cerimônia, Hilda era uma alegria só, misto de travessura e ousadia que fez com que Claudio também estivesse radiante com a promessa de felicidade conjugal. Só uma coisa lhe tirou momentaneamente o brilho: ver João de Almeida, sempre elegante, de braço dado com Inês, com o velho sorriso sarcástico no rosto. Claudio sentiu um arrepio, mas o rosto de Hilda (Inês) encorajou-o a afugentar os maus pensamentos.

Nove meses depois do casamento de Hilda e Claudio, nascia o primogênito de Inês e João de Almeida, para a imensa alegria do casal e também de Selma, que via agora uma luz no fim do túnel para as suas tardes vazias. Claudio e Hilda, claro, continuavam morando na cidade, e já ninguém mais falava na transferência que havia sido cancelada dias depois do casamento. O assunto perdera a graça e a cidadezinha procurava uma nova história, de preferência mais saborosa, sobre a qual falar.

O poeta transformara-se mais uma vez. Agora parecia mais velho, mais forte, mais saudável. Experimentava a felicidade, isso era visível. Sorria com doçura e voltara a frequentar a igreja apenas aos domingos. Com Branca, voltara a ser o irmão carinhoso e despreocupado que sempre fora, cheio de beijos e abraços e colos, e dizia-lhe sempre que ele e Hilda contariam com a titia para cuidar de um futuro rebento. Branca, feliz ao ver o irmão de volta, apenas sorria, mas sabia que não nascera para cuidar de criança. Hilda, por sua vez, também aparentava estar mais velha, mas igualmente mais fechada e circunspecta, como convém a uma mulher casada, e foi por isso que ninguém lhe reparou um traço de tristeza no olhar.

Um dia, a moça, que não falava com a irmã desde a conversa que tiveram pouco antes do casamento, foi visitar o sobrinho ainda recém-nascido. Entre elogios e afagos ao bebê, as duas acabaram se confessando uma à outra.

— Fico muito feliz, minha irmã — disse Hilda — que você e João sejam tão felizes. Ainda mais agora com esse menininho, que é mesmo uma graça — e sorriu para o bebê que segurava no colo.

— Ah, sim, estamos mesmo muito felizes... com ele — respondeu Inês um tanto reticente.

— ...

— Enfim o que posso querer mais, não é mesmo? Tenho uma família perfeita.

— Está acontecendo alguma coisa, Inês? Não sei, mas acho que você não está assim tão exultante quanto diz. Eu conheço você, minha irmã.

Naquele instante, a ex-beldade local (engordara muito durante a gravidez e ainda não recuperara a antiga forma) deixou-se cair na poltrona mais próxima com as mãos no rosto, soluçando febril.

— O que está acontecendo, Inês? Fale comigo.

— Tenho vergonha...

— Vergonha?! Por quê? Sempre contamos tudo uma à outra. Seja o que for, me conte.

— É que... Não, melhor não. São coisas íntimas, de casal.

— E você se esqueceu de que também sou uma mulher casada?!

— É verdade. É que você sempre vai ser a minha irmãzinha mais nova.

— Mas isso não impediu você de me contar que João de Almeida tinha lhe roubado um beijo e que você sentiu coisas que nunca sentira antes, não é mesmo?

— ...

— Vamos, fale. Me conte o que está havendo.

— Ah, Hilda, eu adoro o meu filhinho, é a coisa mais preciosa da minha vida, mas...

— Mas?...

— Desde que engravidei... logo assim que meu ventre começou a apontar... o João... o João... deixou de me querer, você me entende? E até hoje ainda não quer mais. Ele diz que agora só consegue me ver como mãe e não como mulher. E ontem... eu estava aqui sozinha... e pensei... Foi apenas um segundo, mas eu pensei. Eu pensei... que seria melhor que ele não tivesse nascido...

Hilda se controlou para não levar a mão à boca nem fazer uma expressão de espanto e horror. Mas demorou alguns minutos para conseguir responder, o que não passou despercebido a Inês e a fez chorar ainda mais.

— Calma, Inês. Não fique assim. Isso... É só uma fase... acho. Você já conversou com a mamãe?

— Tentei. Mas ela me disse que era assim mesmo e que eu agora devia me concentrar no meu filho. Mas como?! Sou uma mulher jovem ainda... Também tenho desejos.

Hilda estremeceu ao ouvir essa palavra.

— Você sente falta do João, é isso?

— Ah... Nossa! Como sinto. O João é um homem encantador... Eu diria mais: ele é um homem que faz qualquer mulher perder a cabeça — respondeu Inês, e seus olhos brilharam.

Hilda sentia um tal desassossego por dentro que não conseguiu mais ficar parada. Começou a andar para cá e para lá, sacudindo o bebê no colo com mais força que o necessário.

Inês olhou para a irmã e viu que ela estava ligeiramente vermelha. Percebeu o que estava acontecendo.

— Eu lhe avisei que não se casasse com o Claudio... Você não me deu ouvidos. Achou que eu estava com ciúmes.

Era a mais pura verdade. Nada que tivesse vivido na intimidade com Claudio era tão significativo assim para fazê-la entrar em desespero, caso fosse de repente privada disso. E era exatamente isso que parecia estar acontecendo com Inês.

— Não estamos falando de mim, Inês. Vamos voltar ao que interessa. Você tem ideia do que fazer agora? — disse, tentando disfarçar o tremor na voz. Sua boca pronunciava aquelas palavras, mas seu corpo só tinha agora uma única sensação.

— Não. Já pensei em pedir à mamãe para ficar com o bebê uma noite dessas, e colocar o meu melhor vestido e me maquiar toda para esperá-lo em casa, mas nenhum dos meus antigos vestidos está cabendo em mim, e a mamãe disse que não pode levar o bebê para a casa dela, o que a cidade inteira vai pensar?! Que queremos ficar a sós novamente?! — respondeu Inês, voltando a chorar. — E por que isso é tão errado assim?! Não somos marido e mulher?! João é que está certo. Esta cidadezinha é mesmo o fim do mundo.

— ...

— Eu preciso do João. Preciso do meu marido. Sinto falta dos braços dele, das mãos dele, do corpo dele inteiro...

Hilda enrubesceu um pouco mais. Queria sair correndo dali. Colocou o bebê no berço como se se preparasse para isso.

— Você pode falar com ele?

— Eu?!!... Você está louca?!

— Ou peça ao Claudio... Não, o Claudio, não. Tem que ser você mesma. Você sempre foi a mais desinibida de nós duas.

— Isso não quer dizer que eu possa falar com o seu marido sobre um assunto desses.

— Por favor... Por favor... Estou a ponto de cometer uma loucura.

Hilda sentiu a boca secar e o rosto pegando fogo. Como era possível aquilo? Tanta paixão, tanta intensidade.

— Por favor, Hilda. Por favor...

Movida por nem sabia bem qual necessidade, que estava longe de ser a de ajudar a irmã a retomar a vida de casada, Hilda aceitou a tarefa, ainda sem saber ao certo o que fazer.

Saiu da casa de Inês e João de Almeida e foi indo na direção da loja de roupas íntimas na rua principal. Ao chegar lá, assistiu a uma das cenas sobre as quais a cidade comentava sempre: João de Almeida na vitrine, vestindo e acariciando os manequins. Sentiu um arrepio profundo dessa vez e uma vertigem que fez com que ela se segurasse num poste da rua para não cair. Duas senhoras lhe perguntaram se estava passando bem e ela respondeu que sim, com rispidez, aquelas velhas maledicentes na certa iriam espalhar que ela esperava um filho de Claudio. Pois sim...

Entrou na loja afogueada. João de Almeida olhou para a cunhada e pensou "ora, ora, ora".

— Hilda?! O que houve? — perguntou enquanto rapidamente saía da vitrine e se aproximava da moça. — Você não está se sentindo bem?

Ao chegar perto dela, segurou com a mão firme os seus braços e podia jurar que percebera um estremecimento diferente.

— Não, está tudo bem. É que o dia hoje está muito quente.

Mentira número 1.

— Quer se sentar um pouco?

— Não, não é preciso. Na verdade... Vim aqui falar com você.

— Falar comigo? Sobre o quê?

Hilda hesitou por alguns segundos. João de Almeida era um homem elegante. Tinha tirado o paletó, mas a camisa branca e a gravata vermelha estavam impecáveis, como se tivesse acabado de sair de casa pela manhã. O rosto empoado e os cabelos bem-penteados e cheios de brilhantina lhe davam um ar refinado e sedutor.

— Antes de mais nada, quero deixar bem claro que só estou fazendo isso pela Inês...

Mentira número 2.

— Claro — respondeu João de Almeida muito sério, controlando a vontade de dar um daqueles seus sorrisinhos sarcásticos.

— ...e você vai entender que estou numa posição muito delicada.

— Você está me assustando um pouco — disse João, caprichando numa expressão de preocupação misturada com ternura, enquanto segurou o braço de Hilda um pouco mais firme.

— Vou direto ao assunto então — disse, sem conseguir conter um novo estremecimento. — Parece que você e Inês... Inês e você... se afastaram um pouco desde que minha irmã ficou esperando o bebê.

João cravou os olhos penetrantes, inquiridores, nos dela.

— Ela lhe disse isso? — perguntou o cunhado, sem desviar os olhos.

— Disse — respondeu Hilda, sem desviar os olhos também. Alguma coisa desconhecida, um magnetismo, um fascínio, os prendia aos dele. — Disse que você não a vê mais como mulher e sim como mãe.

— É, foi o que falei para ela...

— Mas o que está acontecendo, João? Inês está sentindo muito a sua falta, como toda mulher sente do marido.

Mentira número 3.

— Não é verdade.

Hilda prendeu a respiração.

— O que não é verdade?

— Que eu não a vejo mais como mulher e sim como mãe.

— Não?!...

— O problema é outro...

— ...

— O problema é que estou apaixonado por uma outra mulher.

Hilda teve que fechar os olhos por alguns instantes.

— Não me diga uma coisa dessas, João — falou, reprimindo uma ponta de ciúmes. — Mas como?! Apaixonado por uma outra mulher? Casamento é para toda a vida.

— Não consigo me controlar — disse e se aproximou dela.

— Não... consegue... se controlar? Então, esforce-se ainda mais.

— Já tentei de tudo. Não é possível — e aproximou-se ainda mais.

Hilda nesse instante sentiu o cheiro do perfume dele e do hálito de sua boca. Nova vertigem. Seria mesmo possível?!

— Você agora já sabe quem é essa outra mulher, não sabe?

— Não... — murmurou Hilda.

Última mentira.

O que se seguiu foi o que toda a cidade soube depois. João de Almeida beijou Hilda ali na loja de roupas íntimas, e o beijo foi tão intenso que a primeira vez do restante dos fatos entre eles se deu ali mesmo. Depois desse dia, toda manhã, enquanto Inês cuidava do bebê e Claudio dava aulas no colégio mais tradicional da cidade, João de Almeida e Hilda encontravam-se na casa dela e de Claudio. Foram alguns meses de paixão e delírio. Até que, um dia, Claudio, que esquecera um dos livros de poesia que lia para os alunos em sala de aula, voltou para pegá-lo em casa. Encontrou Hilda e João de Almeida juntos, num idílio amoroso arrebatador. Ficou transtornado, menos pela cena em si do que pelo sorrisinho sarcástico no rosto de João de Almeida.

Não se sabe como Hilda o convenceu a não fazer escândalo, a deixar as coisas como estavam. Se ele revelasse tudo, faria sofrer a todos: a ela, a Inês e a João de Almeida. Se ficasse em silêncio, apenas um sofreria: ele. E, além do mais, a culpa de tudo aquilo era dele mesmo: precisava ser tão débil... tão tímido... tão anêmico...? Será que nunca tinha percebido nada? Claudio chorava e não conseguia dizer palavra nem olhar para a mulher, muito menos para João de Almeida, que continuava sorrindo.

A voz de Hilda chegou aos seus ouvidos como uma faca.

— Ah, Claudio! Me desculpe... Mas é que o João de Almeida é muito mais homem do que você!

Saiu pela porta de casa, incapaz de saber o que fazer. E mais uma vez deu-se a transformação do poeta. Dessa vez, não se refugiou na igreja ou na religião. Entrou no botequim daquela cidadezinha condenada, para a surpresa de seus frequentadores, e passou a beber e a fumar com a sofreguidão de um condenado. Em alguns meses, estava irreconhecível. Hilda teve então o pretexto de dizer a todos que não aguentava mais aquela vida e suplicar que os pais de Claudio o levassem de volta para a casa deles, já que os pais têm a obrigação de suportar os descaminhos dos filhos, muitos até acham que, de uma certa forma, eles são responsáveis por suas desventuras. A cidade inteira concordou com ela, embora todos pudessem se referir a Claudio de três maneiras: o poeta aparvalhado, o noivo abandonado ou então o marido traído.

Quem mais sofria em ver o irmão nesse estado era Branca. Sim, Hilda se esquecera dela quando listara os possíveis sofredores daquela tragédia familiar. Branca não se conformava em ver o irmão daquele jeito, sempre bêbado, sujo, maltrapilho, cheirando a cigarro e a álcool, a caspa se acumulando nos ombros. Por fim, Claudio também acabou sendo demitido do colégio onde lecionava; o diretor, amigo de Arandir e Glória, disse que sentia muito, mas ele era um terrível mau exemplo para os jovens.

Mas ninguém parecia se importar verdadeiramente com ele. Era como se aquele destino lhe estivesse reservado desde sempre, não causando pena nem admiração. Só Branca sofria, e sofria muito. Quase todos os dias ia buscar o irmão no botequim da cidade, enfrentando os mais baixos e indecorosos galanteios dos frequentadores do local. Não se importava com eles, nem chegava a ouvi-los. Seu único objetivo era fazer o irmão dormir em casa, e não no meio-fio da rua. Levava-o para casa e às vezes, com a ajuda do pai, o colocava na banheira de água, impondo-lhe um banho que melhorasse sua aparência.

Conseguiu fazer isso naquela noite. Arandir foi deitar-se, abatido com o estado do filho, deixando-o sob a responsabilidade de Branca, em mais um daqueles lances da sorte de que alguns dizem ao acaso, mas que são com certeza uma punição de Deus. A irmã entrou no banheiro. Claudio estava lívido, olhando para o teto, os olhos vidrados, parecendo um morto-vivo, mas mesmo assim teve o impulso de cobrir o próprio corpo à entrada de Branca.

— Meu irmão querido, me diga o que está acontecendo. O que houve entre você e Hilda?

Claudio continuou com o olhar parado, mas uma lágrima o traiu e foi descendo por seu rosto até se misturar à água suja do banho.

— Claudio, por favor, pelo amor de Deus, fala comigo, diga alguma coisa.

— ...

— Claudio, fale alguma coisa. Sou eu, Branca, sua irmã querida. Você não gosta mais de mim, Claudio? Não se importa mais comigo?

Claudio piscou uma, duas, três vezes. Fazia um esforço sobre-humano para sair daquele entorpecimento que vinha da bebida e da desilusão, da infelicidade profunda que sentia. Se não estivesse bêbado, tinha pesadelos terríveis com aquela noite que mudou a sua vida para sempre, a noite em que recusara um beijo a João de Almeida, que agora se vingava dele e sabe-se lá mais o que estaria planejando.

— Pelo amor de Deus, Claudio, fale comigo. Me diga o que está acontecendo com você. O que houve entre você e Hilda.

— ...

— Diga... Fale alguma coisa, por favor. Desabafe comigo.

— É que... É que... a culpa é toda minha.

— Culpa? Culpa de quê?! Me explique o que houve.

— João de Almeida... Ele é... Ele é... muito mais homem do que eu.

— O quê? Isso não é verdade! Quem lhe disse isso?

— Primeiro Inês e depois... Hilda também.

Branca não se admirou o tanto que deveria diante daquela confirmação dos boatos que a cidade já alimentava. Branca era diferente de todos: nada do que é humano lhe causava espanto. Sabia que as pessoas eram mais imprevisíveis do que as regras sociais e os mandamentos religiosos podiam supor. As regras sociais e os mandamentos religiosos eram, na verdade, uma tentativa de subjugar as paixões e os desejos que explodiam no ser humano.

— O fato de elas quererem estar com ele não significa que ele seja mais homem ou melhor que você — respondeu

Branca, quase como se fosse uma professora paciente diante de um aluno com sérias dificuldades.

Claudio, mesmo ainda um pouco embriagado e pelo álcool e pela dor, não deixou de estranhar aquele comentário.

— Você é um homem lindo e sensível, meu irmão. Um homem que não liga para as aparências.

— Parece que também sou muito débil... muito tímido... muito anêmico. Não sei como agradar as mulheres...

Mais uma vez Claudio achou que ter aquela conversa com a própria irmã não tinha cabimento nenhum, mas o fato de ter percebido esse detalhe já era algo acima das suas forças naquele momento. Não pôde seguir o raciocínio que lhe objetava a interlocutora.

— Isso é mentira! É que você apenas... nunca se interessou por isso. Como tudo na vida, é preciso um pouco de prática.

— O que você sabe disso, Branca? — conseguiu argumentar sem muita vontade. — Me deixe em paz aqui, sim. Vá dormir que já é tarde.

— Claudio, meu irmão, você é mesmo muito distraído, muito etéreo. Mas eu posso lhe ajudar. Sério... Você é a pessoa que eu mais amo neste mundo. Não quero ver você assim.

Aquela declaração de amor genuíno e puro deixou Claudio emocionado e seus olhos se encheram de lágrimas novamente.

— Como? — disse, soluçando, e, ávido por aquela possibilidade, nem se deu conta de que continuava falando com

Branca, a irmãzinha que até ontem ele carregava para cima e para baixo no colo.

Branca pensou um pouco. Sabia que teria que ser muito discreta, suave e convincente. A maioria das pessoas condenaria com toda a veemência as suas ideias esdrúxulas. E o irmão, poeta casto, o homem mais inocente que já conhecera, certamente lhe rejeitaria como ao próprio demônio. Branca já conhecera muitos homens na intimidade e, por algum sortilégio misterioso e inexplicável, conseguira manter isso em segredo, mesmo ali, naquela cidadezinha de fim de mundo. Ou, talvez, isso não fosse assim tão secreto, apenas para Claudio. Com sua experiência, a moça era capaz de distinguir, só de olhar, os apressados, os muito tímidos, os que preferiam não estar com ela, os violentos, os que gostavam de subjugá-la, os meio frouxos, os carinhosos, os arrebatadores. Branca conhecia o irmão mais do que ele supunha. E estava decidida a ajudá-lo.

— Eu vou lhe mostrar, meu irmão.

O que se seguiu foi escandaloso, herético, amoral. Branca despiu-se toda e entrou na banheira junto com o irmão.

— Que brincadeira é essa, Branca?! Saia já daqui — gritou Claudio, recuperando todos os sentidos.

— Não... E fale baixo. Você não quer que o papai e a mamãe acordem, não é mesmo?... — respondeu a moça com tranquilo impudor.

— Mas... o que é isso?!! Saia daqui, Branca. Agora... — disse Claudio, mais baixo, porém, ainda de maneira firme.

Branca era mesmo muito alva e linda e, por um segundo, Claudio achou que ela era até parecida com Inês e Hilda. Sacudiu a cabeça com força para afugentar aqueles pensamentos absurdos, confusos, desconexos. Estava ficando completamente maluco.

— Saia daqui, Branca! Eu lhe imploro. Por favor, saia daqui agora mesmo — mas não conseguia deixar de olhar para o corpo da própria irmã, nua ali na sua frente.

— Não, agora não.

— Por favor... — e Claudio começou a chorar novamente.

Branca se aproximou dele. Passou delicadamente a mão no rosto do irmão.

— Mas o que é isso?! Não chore. Você é tão inteligente... Tão bonito.

E a mão de Branca percorria agora o peito cabeludo e magro do irmão.

— Por favor... Isso é pecado! Um pecado gravíssimo — Claudio tentava reagir, mas ainda estava bêbado, na certa, e os sentimentos dele se misturavam aos eflúvios do álcool em sua cabeça.

— Não existe pecado em amar.

— ...

— Venha, me deixe mostrar a você...

As horas se passaram. Os dois ficaram muito tempo juntos. Ninguém procurou por eles. E eles não precisaram de mais ninguém.

Quando tudo terminou, Claudio estava completamente sóbrio. Tinha os olhos arregalados e estava com olheiras profundas. Havia um brilho de delírio em seu rosto, misto de desespero, êxtase e choque. Branca sorria para o irmão. E aqueles dentes brancos, perfeitos, o encheram de ódio e rancor. Tomado de uma fúria que ele não sabia ao certo de onde vinha, ergueu o braço e deu-lhe uma bofetada violenta. A irmã, pega de surpresa, deixou-se atingir em cheio e bateu com a boca na borda da banheira. Imediatamente, o sangue começou a pingar dentro da água suja daquele banho.

— Camarada! Que história é essa?! Se não fosse você a me contar, não acreditaria em palavra. E depois? O que aconteceu? Foi aí que ele tentou se matar? — perguntou Otávio, recostado na cadeira, com os braços atrás da cabeça.

— Aí é que você se engana — disse Carneiro, com um sorriso cansado no rosto, como se tudo aquilo lhe tivesse consumido as energias. — Claudio nunca mais entrou na casa dos pais. Andava como um louco pela rua, cada vez mais sujo, sempre bêbado. Dormia na praça, na mesma praça onde recusara aquele beijo fatídico. Às vezes refugiava-se do sol ou da chuva na igrejinha, mas não rezava mais, como poderia?! E seguia a irmã por toda a parte agora.

— Não estou entendendo...

— Apaixonara-se... pela própria irmã. E na sua loucura percebeu que sempre fora apaixonado é por ela. Por isso gostava tanto de estar com ela, de beijá-la, mimá-la, acarinhá-la, mais do que tudo na vida. Por isso pensava ter se apaixonado por Inês e Hilda, porque, de algum modo, as três se pareciam.

— Que coisa louca!

— E ainda tem mais: um dia, seguindo a irmã, a viu entrar no único lugar daquela cidadezinha que ele jamais permitiria que ela entrasse. Na loja de João de Almeida, que a essa altura já era dono também do botequim do português, da farmácia de Maurício e Selma e da venda de Arandir e Glória. Entrou atrás dela como um doente, ajoelhou-se aos pés de Branca e suplicou-lhe com um fiapo de voz: "Com ele não, por favor." Mas ela, ainda linda, mesmo com os dentes da frente quebrados pela bofetada que o irmão lhe dera na banheira, pediu que ele fosse embora e a deixasse em paz.

— Minha Nossa Senhora! Um folhetim, não tenho dúvidas.

— João de Almeida, claro, apenas sorria, o mesmo sorriso sarcástico de sempre. Mas ainda tem mais...

— Mais?! — perguntou Otávio, arregalando os olhos.

— Meses depois, Branca percebeu que esperava um filho.

— Que loucura!

— Sim, o auge da loucura, eu diria. Mas, então, contou aos pais, que choraram a noite inteira. Ela não queria dizer quem era o pai da criança.

— Ou talvez... não soubesse.

— Sabia... E, pressionada, acabou contando. Está preparado?!

— O irmão?!

— Não. João de Almeida.

Otávio quase caiu da cadeira.

— Não sei se o nosso amigo Claudio é um sujeito de sorte ou o mais azarado do mundo — disse Otávio assim que recuperou parcialmente o equilíbrio.

— Branca visitara João de Almeida, na loja de roupas íntimas, uns dois meses antes. Inês e Hilda, a essa altura, eram irmãs também na infelicidade: João de Almeida não tinha mais olhos nem para uma nem para a outra. Só queria saber dos manequins da vitrine.

— Faz todo o sentido, afinal o que ele queria mesmo era estar com o cunhado — gracejou Otávio.

— Meu Deus, não gosto nem de pensar.

— Continua... Continua...

— Quando Branca entrou na loja, João de Almeida pensou consigo mesmo: "Como é que nunca pensei nisso antes?! A irmãzinha querida!" Seria o golpe de misericórdia em Claudio.

— Que sujeito vil! E que irmã ordinária!

— Branca cedeu logo. João de Almeida até estranhou a falta de resistência. Mas não deu muita importância àquilo. Talvez estivesse particularmente irresistível naquele dia. Fato consumado (e a desenvoltura da menina também não lhe passou despercebida) era só esperar a oportunidade certa para revelar o golpe final a Claudio. E o destino se encarregou de um desfecho digno de filme: no mês seguinte, Branca o procurou e disse que esperava um filho dele. João de Almeida não se fez de rogado. Foi à casa dela e assumiu a paternidade da criança, mas disse que era casado e não podia reparar o mal feito à moça, que aliás não chegara até ele pura de pecado. Arandir e Glória a não podiam acreditar em tamanha vergonha. João de Almeida oferecia a mãe e filho uma quantia para que tudo fosse devidamente esquecido e até se prontificava a ser, para todos os efeitos, o padrinho da criança, junto com a mulher, Inês. Claudio estava na sala quando a cena se deu, tinha sido chamado pelos pais (a pedido de João de Almeida, sob o pretexto de que o considerava um homem justo e honesto, que atravessava uma fase difícil, mas a quem se devia toda a consideração como irmão dileto e afeiçoado). Claudio ouviu tudo, lívido, e percebeu, mais uma vez, o sorrisinho sarcástico do admirador. Branca pegou parte do dinheiro para vir para a capital realizar o seu sonho de se tornar... prostituta, depois que Joãozinho nasceu.

— Pobre Claudio!

— O poeta, que a essas alturas não chegava mais perto de livro nenhum, depois desconfiou da história toda e pressionou a irmã. Sentia que o filho que ela esperava era dele mesmo e seria para sempre a marca do pecado. Mas Branca manteve o veredicto final: de João de Almeida. Claudio tentou se enforcar numa árvore, mas não teve coragem. Em seguida teve uma crise nervosa e foi internado no sanatório de uma cidade vizinha. Quando saiu de lá, Glória tomava conta dele como se fosse um bebê. Mas um dia, não aguentando mais aquela situação, o homem tomou coragem e desapareceu da cidade, e ninguém ficou sabendo como conseguiu.

— Veio para a capital.

— Isso mesmo. Passou uns dois anos perambulando pelas ruas e bares, sempre maltrapilho, sempre sujo e cheio de caspa, fazendo amizade com outros bêbados como Ulpiano, por exemplo, que conheci no bar do Lima. E foi então que decidiu ir atrás de Branca; queria que a irmã confessasse de uma vez. Naquele dia, quando a visitou na Pensão Oriente e ia beijá-la na testa, percebeu que a moça balançava a cabeça, quase imperceptivelmente, dizendo que sim. Os dois se olharam profundamente por alguns instantes, um olhar de reconhecimento, de certeza, e Claudio foi embora atordoado, em lágrimas. Aquele menino era o pecado em si. Mas nessa história toda só havia um demônio, que usava terno e polainas, cabelo brilhantinado e quase sempre uma gravata vermelha. Claudio resolveu voltar para casa, para aquela cidadezinha de fim de mundo, e matar João de Almeida com um machado. Também não conseguiu o seu intento. Acabou... dando-lhe afinal o beijo que João de Almeida tanto pedira naquela noite, como se imaginasse que o tempo pudesse voltar atrás e todos aqueles acontecimentos trágicos de sua vida pudessem desaparecer para sempre.

— Estou pasmo! Quer dizer que o menino era mesmo filho de Claudio, pai e tio ao mesmo tempo?!

— Espera, ainda tem mais — pediu Carneiro, com um sorrisinho que reprovava a ingenuidade do outro.

— Mais?!... Valha-me Deus!

— Fiquei sabendo da primeira parte da história no dia que fui à Pensão Oriente com Ulpiano. Queríamos conhecer Branca Turno-da-Noite e Jane Rasga-Lençóis, mas elas estavam com um figurão da alta-roda. Fiquei intrigado com a referência ao figurão e tentei de todas as maneiras saber quem era. Nem a Papisa, a chefona da pensão, nem nenhuma das outras meninas abriram o bico. Então decidi esperar por uma das duas que estavam com o tal homem — explicou Carneiro, alisando o bigode e olhando para o teto, como se estivesse vendo novamente as cenas acontecidas.

— Você foi a uma pensão e... ficou interessado num figurão da alta-roda?! — perguntou Otávio, mal acreditando no que ouvira. — Onde é que está o Carneiro velho de guerra?! Há um limite para o profissionalismo, sabia?

Carneiro olhou para o colega com um ar de enfado.

— Tomei umas cervejas com Ulpiano e Papisa. Depois subi com uma das meninas, pode ficar tranquilo, e me refestelei à vontade. Ulpiano deve ter ficado lá embaixo e enchido a cara para variar. Quando estava voltando para o salão, perdi algum tempo perambulando pelo corredor, colando o ouvido às portas para ver se captava alguma conversa que me desse uma pista de quem era o figurão. Uma delas se abriu de repente e na minha frente surgiu Branca, Branca Turno-da-Noite, linda como sempre, mesmo com os dentes da frente quebrados, mas com o rosto muito triste, que não condizia com os comentários que se ouvem pela cidade de que ela nascera para o que fazia e sentia verdadeiro deleite na profissão.

— E aí você a levou na conversa e ela lhe contou tudo sobre o figurão?

— Não. Ela me levou na conversa e me contou tudo o que acabo de lhe contar. Estava preocupada e infeliz, o irmão tinha aparecido, naquela noite mesmo, na pensão, febril e delirante, e lhe disse que iria para casa. Sabia que algo ruim iria acontecer e não tinha como evitar.

— E o que você fez?

— Perguntei se podia ajudá-la de alguma forma. Estava enfeitiçado pela beleza dela e pela história — concluiu Carneiro, com um brilho lascivo no olhar.

— E ela?

— Ela me pediu que fosse até a cidadezinha, o mais rápido possível.

— E você foi até lá? — perguntou Otávio.

— E como não? Um misto de curiosidade jornalística e esperança de prazeres futuros tomou conta do meu ser. E foi lá que fiquei sabendo do *grand finale*...

— O quê? Conta... — disse Otávio, quase implorando.

— O que aconteceu foi o seguinte...

Carneiro chegou à cidadezinha onde tudo tinha mesmo um ar sombrio, quase mórbido, um dia depois da morte de Claudio. O poeta aparvalhado, noivo abandonado, marido traído, irmão incestuoso não resistira ao fato de não ter conseguido matar João de Almeida (e de tê-lo beijado, por que agora?!, quando isso não adiantava de mais nada). Saíra dos fundos da loja com o filho no colo, o tronco nu, o rosto banhado em lágrimas e atravessara a aglomeração dos abutres que o viram quebrar a vitrine com o machado e ameaçar João de Almeida e... não fizeram absolutamente nada. Levou Joãozinho até a beira do rio e o despiu por completo. Banhou-o naquelas águas frias, sem se importar com o chorinho e os arrepios do menino.

— Que essa água purifique você, meu filho! E o livre do seu pecado original.

— Titio, para, tá frio!

— É preciso, meu filho. É preciso! Vamos rezar juntos. Fecha os olhinhos. Vamos rezar para papai do céu.

— Mas eu tô com frio.

— Não tem importância, meu filho. O frio vai nos deixar mais limpos. Você e eu também. É no calor que tudo de ruim acontece. Não vê no inferno? Lá é muito quente e você não pode ir para lá.

Joãozinho olhou para o tio-pai com olhos arregalados. Nesse meio-tempo, Glória, mãe de Claudio, fora até a loja de roupas íntimas de João de Almeida, buscar o menino. Tinha levado Joãozinho para passar algumas horas com o padrinho, que, incentivado pela avó, já o tratava por pai. Glória estava preocupada com ele. O que seria desse menino sem uma figura masculina? O avô, Arandir, nem olhava para ele, razão da desgraça da filha mais nova, que havia criado com tanto amor e carinho. O tio, seu filho, tinha ido embora para a capital, mas, mesmo que estivesse ali, não era exemplo para ninguém. Maltrapilho, desgrenhado, cheio de caspa, completamente incapaz de se aprumar na vida.

Levou um susto quando viu a multidão na frente da loja. O que teria acontecido? Logo ficou sabendo. Claudio chegara à cidade e, em fúria doentia, quebrara a vitrine com um machado e ameaçara João de Almeida e levara o menino embora. "Para onde?", ela perguntou aflita, pressentindo o perigo. Alguns disseram que o viram indo na direção do rio. Glória correu o mais rápido que pôde. Alguns dos presentes a seguiram.

Chegando, deparou-se com a cena. Claudio e Joãozinho, ambos nus, no meio do rio. O menino no colo do poeta chorava e, ao ver a avó, esticou-lhe os bracinhos clementes.

— Claudio! Claudio! O que você está fazendo?!! Saia já daí, meu filho. Eu lhe imploro.

— ...

Claudio também chorava. As lágrimas corriam por seu rosto em profusão.

— Claudio, me escuta, meu filho! Me dê o menino aqui em primeiro lugar — e Glória entrou na água também, molhando a barra do vestido e esticando os braços para o neto. — Depois você sai daí também.

— Eu não posso, mamãe. Joãozinho e eu temos que ir embora. Branca é inferior, não percebe a sua própria dor, nem a dor que causa aos outros, nem a desgraça que fez cair sobre nossa família. Mas eu sou o culpado de tudo. E ele é o pecado, o mal, a vergonha.

— Ele é uma criança, meu filho. Não tem culpa nenhuma.

— Você não entende, mamãe. Não entende nada. Nós precisamos ir embora.

— Ir embora para onde? — perguntou Glória, que já pressentia a resposta.

Nesse momento já se formava na margem do rio uma pequena plateia de curiosos indecentes.

— Estão olhando o quê, bando de hipócritas?! — vociferou Claudio.

Estava transtornado e apertava o menino com força contra o peito, e o menino agora gritava, assustado.

— Me dê essa criança aqui, Claudio. Agora.

— Não posso, mamãe. Me desculpe... Voltem para suas casas, abutres!

— Por quê? Por que não pode? O que esse menino inocente lhe fez, meu filho? Ele não tem culpa dos erros da mãe.

— Ele não é inocente, mamãe... Imbecis! Querem assistir a tudo até o fim, não é mesmo?! Pois o fim está próximo.

— Claudio!! Pelo amor de Deus, meu filho. Me dê o menino — gritou Glória quando o poeta deu mais alguns passos rio adentro.

— Não, mamãe. Ele vai embora comigo. Vamos os dois. Vamos limpar o mundo da nossa presença.

— Não estou entendendo, Claudio. Por quê?

E foi aí que a cidade inteira ouviu a revelação atroz.

— Porque este menino é *meu* filho. Meu filho e de minha irmã! Nós estivemos juntos. E o pecado brotou de nós.

A plateia delirava. Isso seria quase um assunto eterno. Para o resto da vida de todos haverá sempre do que falar.

— Como?!

— Exatamente o que você ouviu, mamãe — e a água já lhe chegava a altura do peito. — Branca e eu estivemos juntos. Ela concebeu, gerou e pariu um filho meu. Nós somos irmãos. O que houve entre nós é incesto, contra a lei dos homens e contra a lei de Deus. Não há perdão. O menino precisa desaparecer. E nós também. Branca nos seguirá qualquer dia desses, tenho certeza, quando se der conta do que fez.

— Espere! Branca não é sua irmã!

A plateia prendeu a respiração.

— O... O quê?!...

E foi então que a cidade inteira ouviu toda a verdade: Branca era filha de Selma com outro homem que não o marido. A mulher havia cedido à tentação. Primeiro não conseguia reprimir seus sonhos e pensamentos; depois perdeu o controle de seus atos também. Selma procurara Arandir e Glória em desespero. Estava em desgraça. Se Maurício soubesse que ela esperava um filho, a colocaria para fora de casa. Mas a criança pode ser dele, não pode? Não, não pode. Desde que Hilda nascera, Maurício não se interessava mais pela mulher. Chegou a lhe dizer um dia que sentia um certo asco ao olhar para o corpo dela. Arandir e Glória decidiram ajudá-la e planejaram tudo: Glória estaria esperando uma criança e precisaria de cuidados médicos, por isso iria para a capital durante os nove meses. Selma, por coincidência, iria para a capital também, cuidar da mãe doente. Quando voltou, Glória trazia Branca nos braços e Selma se contentou em vê-la crescer e pagar-lhe os estudos, ficando com o posto de madrinha.

— Branca não é sua irmã, meu filho. Eu sempre soube que a natureza em vocês falava mais alto, e o que havia por trás de tantos mimos e carinhos era amor verdadeiro.

Nesse momento, Claudio fez um gesto com a mão para que a mãe se calasse. Voltou atrás alguns passos e lhe entregou o menino. Depois seguiu em frente e se entregou às águas do rio, sem que mais ninguém dissesse coisa alguma.

O silêncio só foi cortado por um grito desesperado de João de Almeida.

FIM

André Sant'Anna

André Sant'Anna nasceu em 1964, em Belo Horizonte. É músico, escritor, redator de televisão e publicidade. Escreveu a trilogia *Amor* (Sabará: Edições Dubolso, 1998), *O paraíso é bem bacana* (São Paulo: Companhia das Letras, 2006) e *Sexo e amizade* (São Paulo: Companhia das Letras, 2007). Publicou outros títulos, com destaque para *Inverdades* (Rio de Janeiro: 7Letras, 2009) e *O Brasil é bom* (São Paulo: Companhia das Letras, 2014). Teve o conto "O importado vermelho de Noé" incluído na antologia *Os cem melhores contos brasileiros do século* (Rio de Janeiro: Objetiva, 2009) e "Pro beleléu" em *As cem melhores crônicas brasileiras* (Rio de Janeiro: Objetiva, 2007). Participou do grupo Tao e Qual, entre 1980 e 1990, e atua no show "Sons e Furyas" desde 2007. Atualmente vive em São Paulo.

Carlito Azevedo

Carlito Azevedo nasceu em 1961, no Rio de Janeiro, onde vive atualmente. É autor, tradutor, crítico e editor. Estreou no cenário da literatura já ganhador de um prêmio Jabuti, por seu livro de poemas *Collapsus Linguae* (Rio de Janeiro: Lynx, 1991). Depois, entre suas obras, destacam-se *As banhistas* (Rio de Janeiro: Imago, 1993), *Sob a noite física* (Rio de Janeiro: 7Letras, 1996) e *Monodrama* (Rio de Janeiro: 7Letras, 2009). Em 2001, reuniu sua poesia na antologia *Sublunar* (Rio de Janeiro: 7Letras) .Desde 1997, é coeditor da revista de poesia *Inimigo Rumor*.

Aldir Blanc

Aldir Blanc nasceu em 1946, no Rio de Janeiro, onde vive atualmente. É compositor e escritor. Inicialmente, notabilizou-se como letrista ao criar clássicos como "Dois pra lá, dois pra cá", "O bêbado e o equilibrista" e "Corsário". Na carreira literária, publicou, entre outros, *Um cara bacana* (Rio de Janeiro: Record, 1996), *Brasil passado a sujo* (São Paulo: Geração Editorial, 2006), *Rua dos artistas e transversais* (Rio de Janeiro: Agir, 2006, livro que reúne as crônicas originalmente publicadas em *Rua dos artistas e arredores* e *Porta de tinturaria,* ambos da virada da década de 1970 para a de 1980) e *A cruz do Bacalhau* (Rio de Janeiro: Agir, 2009). Em 2013, teve sua biografia publicada: *Aldir Blanc — Resposta ao tempo,* de Luiz Fernando Vianna (Rio de Janeiro: Casa da Palavra, 2013). Está em atividade há mais de cinquenta anos no mundo das artes.

Veronica Stigger

Veronica Stigger nasceu em 1973, em Porto Alegre. Desde 2001, vive em São Paulo. É escritora, crítica de arte e professora universitária. Tem nove livros publicados: sete adultos — *O trágico e outras comédias* (Coimbra: Angelus Novus, 2003; Rio de Janeiro: 7Letras, 2004 e 2007 [2ª ed.]), *Gran Cabaret Demenzial* (São Paulo: Cosac Naify, 2007), *Os anões* (São Paulo: Cosac Naify, 2010), *Massamorda* (São Paulo: Dobra, 2011), *Delírio de Damasco* (Florianópolis: Cultura e Barbárie, 2012), *Opisanie świata* (São Paulo: Cosac Naify, 2013) e *Minha novela* (Florianópolis: Cultura e Barbárie, 2013) — e dois infantis — *Dora e o sol* (São Paulo: Editora 34, 2010) e *Onde a onça bebe água* (São Carlos: SESC, 2012), ambos em coautoria com Eduardo Viveiros de Castro. Alguns de seus contos foram traduzidos para o catalão, o espanhol, o francês, o sueco, o inglês, o italiano e o alemão.

Suzana Flag

Suzana Flag é um dos pseudônimos femininos de Nelson Rodrigues. Sua estreia se deu em 1944, nos *Diários Associados*, quando da publicação, n'*O Jornal*, dos folhetins de *Meu destino é pecar*. O romance fez um tremendo sucesso, tanto que, depois de sua conclusão no jornal, ele virou livro, sendo publicado pela primeira vez pelas Edições O Cruzeiro (1944) e tendo uma trajetória de sucessivas reedições por várias editoras. Posteriormente, *Meu destino é pecar* também foi adaptado para cinema e TV. Suzana Flag ainda escreveu *Escravas do amor* (1944), *Minha vida* (romance autobiográfico de 1946), *Núpcias de fogo* (1948), *O homem proibido* (1951) e *A mentira* (1953). Na década de 1950, Suzana tinha uma coluna, chamada "Sua lágrima de amor", um consultório sentimental, como o de Myrna, a outra voz feminina de Nelson.

Nota do editor

Em 1937 Nelson Rodrigues deixava inacabada a sua novela *Cidade*. O abandono do projeto, muito provavelmente, deveu-se às rotinas impostas ao nosso arauto do Brasil urbano e trabalhador da escrita. Talvez o teatro já lhe exigisse atenção criadora ou, o que certamente lhe ocorria, os seus chefes diretos lhe cobrassem um novo desafio, como, por exemplo, colaborar com o semanário infantil do jornal *O Globo*. Pois é, com a maestria autoral de sempre, com o mesmo brilho e profissionalismo, Nelson Rodrigues foi redator de "O Globo Juvenil", mas isso é outra conversa, que nos renderá outros títulos que, já, já, a gente traz a público.

No entanto, o autor comungava da nossa certeza acerca da belíssima qualidade e propriedade do texto, afinal, publicara o seu primeiro capítulo em coluna de destaque do jornal *O Globo*, sob o título "O Irmão...", e esse é o primeiro capítulo do nosso livro-homenagem em exercício editorial.

A editora Nova Fronteira tem hoje o privilégio de reunir toda a obra de Nelson Rodrigues. Somamos à obra teatral — em nossa casa desde a década de 1980 — o conjunto da produção do autor em prosa. Para além do presente, temos uma grande responsabilidade, pois estamos diante de um profissional da escrita, de um homem que viveu *para* e *pela* palavra. Portanto, a sua obra é extensa e tem que ser editada *em surpresa*: em renovação, qualidade e encantamento. Nelson Rodrigues escreveu dia após dia e, em muitos dias, mais de um texto por dia. O editor tem que olhar para essa obra com a novidade que o nosso clássico revela. Nelson Rodrigues dava notícias do seu tempo, sim, mas fundava também, nesse exercício jornalístico e de ofício, a sua literatura.

Nelson Rodrigues nos deixou o capítulo "O Irmão..." pronto. Esse único texto, mas absolutamente autoral, desenha personagem, cenário e anuncia a trama. Em homenagem a ele, convidamos autores que, como trabalhadores da palavra, pegassem essa bola no ar e, com alegria e coragem, fossem tocando a história, trocando passes.

A homenagem é de autores e cada um dos nossos convidados deixou sua marca. André Sant'Anna é André Sant'Anna recebendo o texto de Nelson e costurando o passe para Carlito Azevedo, que, em sua assinatura poética (em muitas outras referências autorais em homenagem), faz um voleio para Aldir Blanc, sem que a bola caia. Aldir nos traz o delírio frenético de quem de perto conhece bem a "febre rodriguiana". E, por fim, Veronica Stigger multiplica o nosso tributo a Nelson, trazendo a inquietude de *O beijo no asfalto* ao cenário dos nossos personagens.

Nós, os editores de Nelson Rodrigues, há tempos nos dedicamos ao estudo dos seus textos, das suas vozes autorais e, durante o desenho deste projeto-homenagem, fomos vendo emergir o universo do Nelson autor inaugural da novela da TV brasileira, do drama em estilo literário genuíno e a sua contundente tradução pela voz de Suzana Flag. Costurávamos os textos e "ouvíamos" os longos períodos de Suzana, a inflexão de sua voz em apostos, em pausas explicativas, em imagens da memória. Por isso, irmanados em nosso autor, fechamos esta homenagem, chamando à sua prosa, à sua ficção, a assinatura de Suzana Flag, como um agradecimento formal e derramado ao legado de Nelson Rodrigues.

CONCEPÇÃO E DIREÇÃO EDITORIAL
Leila Name
Daniele Cajueiro
Adriana Torres
Maria Cristina Antonio Jeronimo
Izabel Aleixo

PRODUÇÃO EDITORIAL
Ana Carla Sousa
Pedro Staite
Victor Almeida
Leandro Liporage
Allex Machado

REVISÃO
Anna Beatriz Seilhe
Isabel Newlands

Este livro foi impresso em 2014, para a editora Nova Fronteira.
O papel do miolo é chambril avena 80g/m², e o da capa é cartão 250g/m².